CATALOGUE

DES LIVRES

DE M***.

CATALOGUE

DES LIVRES

DE M*** *Crapelet*

Dont la Vente se fera le lundi 19 septembre 1814 et jours suivans, à six heures précises de relevée, rue des Bons-Enfans, n° 30.

Se distribue **A PARIS,**

Chez MM. {
De Bure frères, libraires du Roi et de la Bibliothèque du Roi, rue Serpente, n° 7;
Merault, Commissaire-priseur, rue de l'Éperon, n° 8.

DE L'IMPRIMERIE DE CRAPELET.

1814.

Les Livres seront exposés dans l'ordre qui suit :

Le lundi, 19 septembre 1814.

993 .. 00 . **Les** numéros 18 à 96. 1 à 17.

Le mardi 20.

1363 .. 30 . Les numéros 131 à 192. 97 à 130.

Le mercredi 21.

1024 - 65 Les numéros 214 à 279. 193 à 213. Addition , 1 à 9.

Le jeudi 22.

903 .. 45 Les numéros 322 à 375. 280 à 321.

Le vendredi 23.

1328 .. 85 Les numéros 497 à 545. 376 à 424.

Le samedi 24.

1835. 40

Les numéros 546 à 568. 453 à 496. 425 à 452.

On vendra au commencement de chaque vacation , des livres
que le temps n'a pas permis de détailler.

7448 .. 65 .

p.

girod.

francart.

francart.

brunard.

p.

CATALOGUE

DES LIVRES

DE M. ***.

THÉOLOGIE.

1. **B**IBLIA Sacra, vulgatæ edit. Sixti V. *Parisiis,* 1629, *in-8. v. f.*

2. La Bible, qui est toute la Saincte Escriture du Vieil et Nouveau Testament. *Amsterdam,* 1635, *petit in-8. v. f.*

3. Histoire Sacrée de l'Ancien et du Nouveau-Testament, représ. par figures, avec des explications tirées des SS. Pères, par A. J. D. Bassinet. Edit. ornée de 3 gr. cart. géog. de six portraits, et de 450 Est. d'après Raphaël, le Poussin, etc. gravés par Voysard. *Paris, de l'impr. de Crapelet,* 1804, *8 vol. gr. in-8. v. f. Gr. Pap.* Superbe exemplaire.

4. La Bible de la Jeunesse, ou Abrégé de l'Histoire de la Bible, par J. B. l'Ecuy. *Paris,* 1810, *2 vol. in-8. fig. bas. et atlas in-fol. cart.*

5. Abrégé de l'Histoire de la Bible, par M. J. B. l'Ecuy. *Paris,* 1812, *in-12. fig. bas.*

6. Pseautier de Paris. *Paris,* 1801, *in-18. bas. rac.*

1--75 7. L'Office de la Sainte Vierge, lat. et franç. *Paris, à la Société typ.* 1804, *in-16. v. f.*

7--5 8. Etrennes Spirituelles pour l'usage de la Cour. *Paris, Janet,* 1812, *in-32. fig. m. r.*

2--90 9. Le Présent Spirituel. *Paris, Janet,* 1812, *in-32. fig. m..r.*

2--50 10. Nouvelles Heures à l'usage des Enfans. *Paris,* 1801, *in-18. bas. rac.* = La Journée du Chrétien sanctifiée par la Prière. *Paris, à la Société typ.* 1804, *in-16. v. f.*

5--95 11. L. Cælii sive Cæcilii Lactantii Firmiani Opera. *Biponti, ex typ. Societ.* 1786, 2 *vol. in-8. bas. j.*

2--75 12. Lettres de S. François de Sales aux Gens du monde. *Paris,* 1803, *in-12. bas. j.*

9--10 13. Œuvres spirituelles et pastorales de Mr. Carrelet. *Paris,* 1805, 7 *vol. in-12. bas. éc.*

2--40 14. Sermons choisis de Fenelon. *Paris,* 1803, *in-12. bas. j.*

3---- 15. Sermons choisis de Bossuet. 1803, *in-12. bas. éc.*

100--5. 16. Œuvres complètes de Bourdaloue, de la comp. de Jésus. *Versailles,* 1812, 16 *vol. in-8. v. porph. dent.*

157--5. 17. Œuvres de Massillon, évêque de Clermont. *Paris, de l'impr. de Crapelet,* 1810, 13 *vol. in-8. mar. vert, dent. doublé de moire, dent. Pap. Vél.*
Magnifique exemplaire.

2--95- 18. Petit-Carême de Massillon. *Paris, Renouard,* 1802, *in-12. bas. rac.*

16---- 19. Sermons de Hugues Blair, trad. par M. de Tressan. *Paris,* 1807, 5 *vol. in-8. bas. éc.*

2--30 20. Viator christianus, recta ac regia in cœlum via tendens, ductu Thomæ de Kempis. *Paris.* 1804, 2 *vol. in-18. fig. cart.*

p.

truchy

p.

p.

p.

p.

mequignon jr.

p.

p.

g. évariés.

truchy.

p.

Laloy.

p. chaintre

16. Mchau.

taché.   Lesné père

                      orcel.

                      p.

                      p.

                      p.

26. n feuillet

                      orcel.

                      p.

                      Simonnet

                      idem

21. De l'Imitation de Jésus-Christ, traduct. nouvelle, par le Sieur de Beuil, Prieur de S.-Val.
Paris, 1662, *in-18. v. m.*
22. L'Imitation de Jésus-Christ, nouvelle édit. par
l'Abbé de la Hogue. *Paris, de l'imprimerie de
Crapelet*, 1812, *in-12. fig. v. gr. Pap. Vél.*
23. Démonstration évangélique, suivie d'un Essai
sur la tolérance, par M. J. B. Duvoisin. *Paris*, 1805, *in-8. bas. éc.*
24. De l'Importance des Opinions religieuses, par
Necker. *Londres*, 1788, *in-8. bas. rac.*
25. Génie du Christianisme, par Chateaubriand,
édit. abrégée à l'usage de la jeunesse. *Paris*,
1804, 2 *vol. in-12. bas. éc.*
26. Le Dîner du Comte de Boulainvilliers, par M.
St. Hiacinte, (Voltaire.) 1728, *in-12. v. rac.*

JURISPRUDENCE.

27. Théorie de l'Interprétation logique des Lois
en général, par Thibault. *Paris*, 1811, *in-8.
v. gr. Pap. Vél.*
28. Principes d'Administration publique, pour
servir à l'étude des Loix administratives, par
C. J. Bonnin. *Paris*, 1809, *in-8. bas.*
29. Justiniani Institutionum Juris civilis expositio
methodica Francisci Lorry. *Parisiis*, 1809,
2 *vol. in-12. demi-rel.*
30. Jo. Gottlieb Heineccii recitationes in Elementa Juris civilis secundum ordinem institutionum. *Parisiis*, 1810, 2 *vol. in 8. bas. éc.*

1.. 65 31. Examen sur les Elémens du Droit Romain selon l'ordre des Institutes de Justinien, par Perreau. *Paris*, 1810, *in* 12. *bas. m.*

8.. 95. 32. Manuel du Droit Français, par M. Paillet. *Paris*, 1813, *in·8. v. gr. dent. Pap. Vél.*

3.. 75 33. Constitution de la République française. *Paris, imprimerie de Crapelet, an IV, in-32. bas.*
34. Droit Public français ou Code Politique, contenant les Constitutions de l'Empire. *Paris*, 1809, *in-8. bas.*

10.. .. 35. Codes de l'Empire français. *Paris, Lefèvre,* 1813, *in-8. v. gr. dent. Pap. Vél.*

16.. 50 36. Code Civil des Français, avec les Motifs. *Paris, Firmin Didot,* 1804, 8 *vol. in-12. bas.*

3.. 45 37. Code Civil des Français. *Paris, de l'impr. de la République,* 1804, *in-8. bas.*
38. Code Napoléon, en vers français, par D.***. *Paris,* 1811, *in-12. v. gr.*

14.. 50 39. Conférence du Code Civil, par un Jurisconsulte. *Paris,* 1805, 7 *vol. in-12. bas.*

40. Dictionnaire raisonné des matières du Code Civil, par N. F. Verdière. *Paris,* 1806, *in-12. bas.*

4.. .. 41. Code Criminel. *Paris, an VI, in-12. bas.*=Code des Délits et des Peines. *Paris, an VI, in-12. bas.*

4.. 75 42. Code de Commerce. *Paris,* 1806, *in-32. bas. rac.*=Code des Droits de timbre, d'enregistrement. etc. *Paris,* 1810, *in-8. bas.*

7.. 5 43. Le nouveau Valin ou Code Commercial maritime, par Sanfourche-Laporte. *Paris,* 1809, *in-4. bas. rac.*

2.. 95 44. Le Parfait Huissier, ou Formulaire général et raisonné des quatre Codes, par Mᵉ. J. B. Delaporte. *Paris,* 1811, 2 *tom. en* 1 *vol. in-8. bas.*

6.. 95 45. Législation Hypothécaire, ou Recueil méthodique et complet des Lois, Décrets impériaux,

p.

Warié oncle

p.

p.

Warié oncle

francart.

Warié oncle

girard.

warié oncle.

Brunard.

Warié oncle

p.

ored.

Marie oncle

idées

p.

p.

53. Mehau.

Brunaud.

etc. par M. A. C. Guichard. *Paris*, 1810, 3 *vol. in-8. rel. en un , bas. m.*

46. Le Nouveau Dunod, ou Traité des Prescriptions. *Paris*, 1810, *in-8. bas. gaufrée.*   4 - 80.

47. Répertoire de la Législation du Notariat, par Favard. *Paris*, 1807, *in-4. bas. rac.*   8.

48. De la Compétence des Juges de paix. *Paris*, 1805 , *in 12. bas.*=Manuel des Officiers de police judic. par Daubanton. *Paris*, 1812, *in-12. bas.*

49. Traité des Attributions des juges de paix, et de leurs différentes fonctions. *Paris*, 1810, *in-8. v. gaufré.*   3 -

50. Dictionnaire des Arrêts modernes , par Loiseau. *Paris*, 1809, 2 *vol. in-8. bas. éc.*   3 - 35.

51. Dictionnaire des Arbitrages simples , par Fr. Corbaux. *Paris*, *de l'imprimerie de Crapelet*, 1802 , 2 *vol. in-4. cart. Pap. Vél.*   20 - - D.

52. Coup-d'œil sur le Code Napoléon en Allemagne. *Paris*, 1810, *in-8. v. gr. Pap. Vél.*   1 - 55.

53. Ta-Tsing-Leu-Lée, ou Code Pénal des Chinois, trad. du chinois, et mis en français par F. Renouard de Sainte-Croix. *Paris*, *de l'imprim. de Crapelet*, 1812, 2 *vol. in-8. v. j. Gr. Pap. Vél.*   30 - 50 - D.

SCIENCES ET ARTS.

54. Les Vers dorés de Pythagore , expliqués et traduits, pour la première fois , par Fabre d'Olivet. *Paris*, 1813, *in-8. v. f. gaufré, dent. Pap. Vél.*   6.

55. L. Annæi Senecæ philosophi Opera. *Biponti, ex typographia Societatis,* 1782, 4 *vol. in-*8. *bas. jasp.*

56. M. Annæi Senecæ rhétoris Opera ad optimas editiones collata. *Biponti, ex typographia Societatis,* 1783, *in-*8. *bas. marb.*

57. Maximes et Réflexions morales du Duc de La Rochefoucauld. *Paris, de l'impr. Royale,* 1778, *in-*8. *m. citr.*

58. De la Sagesse, par Charron. *Paris, J. F. Bastien,* 1783, *in* 8. *v. m.*

59. De la Sagesse, trois livres par Pierre Charron. *Paris,* 1797, 2 *vol. in-*12. *v. f.*

60. Discours moraux sur divers sujets, par Mme de Genlis. *Paris,* 1802, *in-*8. *bas. éc.*

61. Réflexions philosophiques sur le Plaisir, par un Célibataire. *Paris,* 1784, *in-*8. *bas.*

62. Essai sur l'Art d'être heureux, par Joseph Droz. *Paris,* 1811, *in-*8. *v. j. Grand Pap. Vél.*

63. Le Petit Labruyère, ou Caractères et Mœurs des Enfants de ce siècle, par Mme de Genlis. *Paris,* 1801, *in-*8. *bas. rac.*

64. Les Annales de la vertu, par Mme de Genlis. *Paris,* 1802, 3 *vol. in-*8. *bas. rac.*

65. Le Peuple instruit par ses propres vertus, par P. L. Bérenger. *Paris,* 1805, 3 *vol. in-*12. *bas. éc.*

66. Adèle et Théodore, ou Lettres sur l'Education, par Mme de Genlis. *Paris,* 1785, 3 *vol. in-*12. *bas. rac.*

67. Adèle et Théodore, etc. *Paris,* 1802, 3 *vol. in-*8. *bas. rac.*

68. Nouvelle méthode d'enseignement pour la première Enfance, par Mme de Genlis. *Paris,* 1801, *in-*8. *bas. rac.*

gregoire

idem

brunard.

Simonet,

p.

p.

p.

p.

p.

p.

p.

p.

p.

p.

Delau.

Delano

Brunard.

Pierre

Simonnet.

Francart.

P.

orcel.

P.

M. guillaume

orcel.

P.

80. Moss.

orcel.

M. guillaume

69. Le même ouvrage. *Paris*, 1802, *in-12. bas. rac.* _ 2 .

70. Magasin des Enfants , par Mme Leprince de Beaumont. *Paris*, 1797 , 4 *vol. in-18. bas. rac.* 4 .

71. Les Charmes de l'Enfance , par L. F. Jauffret. *Paris , de l'imprim. de Didot jeune ,* 1796, 2 *vol. in-12. fig. bas. rac. Pap. Vél.* 4 _-10.

72. Instruction pour la Jeunesse, par A. B. Chevignard. *Paris,* 1805 , 2 *vol. in-8. bas. rac.* 3 _-95.

73. Conversations d'une Mère avec sa Fille , franç. angl. et franç. ital. *Paris , an* XII , 2 *vol. in-8. bas. rac.* 4 _ -55.

74. La Politique d'Aristote, trad. du grec par Champagne. *Paris ,* 1797 , 2 *tom. en* 1 *vol. in-8. demi-rel.* 5 _-60.

75. De l'Economie politique et morale de l'espèce humaine , (par Herrenschwand.) *Londres ,* 1796, 2 *vol. gr. in-8. bas. rac.* 4 _-95

76. Olbie ou Essai sur les moyens de réformer les Mœurs d'une Nation, par J. B. Say. *Paris, an* VIII , *in-8. bas. éc.* 1 _-50.

77. Essai sur l'Art de rendre les Révolutions utiles. *Paris,* 1801 , 2 *vol. in-8. bas. rac.* 2 _-65.

78. Traité d'Economie politique et de Commerce des colonies, par P. F. Page. *Paris, an* IX , 2 *vol. in-8. bas. rac.* 4 .

79. The Way to Wealth , or poor Richard improved , by Benj. Franklin, et autres Opuscules. *Paris ,* 1795 , *in-12. v. porph. Pap. Vél.* 3 _.

80. Dictionnaire universel de Commerce. *Paris,* 1805 , 2 *vol. in-4. v. rac.* 28 _ _ 9 .

81. Traité complet, théorique et pratique de tous les Papiers de Crédit de Commerce, par P. B. Boucher. *Paris,* 1808, 2 *vol. in-8. bas. m.* 5 _-95 _

82. Cours théorique et pratique des Opérations de Banque et des nouveaux Poids et Mesures, 1

par J. J. C. J. Neveu. *Paris, an VII, in-8. bas. rac.*

83. Opérations des Changes des principales Places de l'Europe, par J. R. Ruelle. *Paris, 1765, in-8. bas. rac.*

84. Tableau du Commerce de la Grèce, par Félix Beaujour. *Paris, 1800, 2 vol. in-8. v. j. Pap. Vél.*

85. De la Recherche de la Vérité, par N. Malebranche. *Paris, 1772, 4 vol. in-12. bas.*

86. Essai sur l'Entendement humain, par Locke. *Paris, an VII, 4 vol. in-12. bas.*

87. De l'Homme et des Animaux, par J. B. Salaville. *Paris, 1805, in-8. bas. rac.*

88. De l'Homme et de ses rapports les plus intimes. *Hambourg, 1800, 2 vol. in-8. bas. rac.*

89. Rapports du Physique et du Moral de l'Homme, par P. J. G. Cabanis. *Paris, 1802, 2 vol. in-8. bas. rac.*

90. Nouveaux Élémens de la Science de l'Homme, par P. J. Barthez. *Paris, 1806, 2 vol. in-8. bas. gr.*

91. L'Art de perfectionner l'Homme, par J. J. Virey. *Paris, 1808, 2 vol. in-8. bas.*

92. Recherches sur l'Organisation des Corps vivans, par J. B. Lamarck. *Paris, an X, in-8. bas. éc.*

93. Recherches sur les causes des principaux faits physiques, par J. B. Lamarck. *Paris, an II, 2 vol. in-8. bas. rac.*

94. Traité élémentaire, ou Principes de Physique, par Brisson. *Paris, an VIII, 3 vol. in-8. bas. rac.*

95. Nouvelles Récréations physiques et mathématiques, par M. Guyot. *Paris, 1799, 3 vol. in-8. fig. bas. rac.*

96. Essai sur le Calorique, par J. M. Socquet. *Paris, 1801, in-8. bas. rac.*

m. guillaume

84. m chau. *

p.

p.

p.

orel.

Croullebois .

p.

p.

p.

orel.

p.

p.

p.

croullebois.

m.^c huzard.

il ne faut que 80 brl au Buffon .

orcel.

m.^c huzard.

gab. warée

m.^c huzard.

orcel.

p.

barbo

109 m feuillet.

Barbe

97. Description des Atomes. *Paris*, 1813, *in-8.* fig. v. m.

98. Recherches physico-chimiques faites sur la Pile voltaïque, par MM. Gay-Lussac et Thenard. *Paris*, 1811, 2 *vol. in-8. fig. bas.*

99. Caii Plinii Secundi historiæ naturalis libri XXXVII, ex recensione Joannis Harduini. *Biponti, ex typographia Societatis*, 1783, 5 *vol. in-8. bas.*

100. Histoire naturelle de Pline, trad. en françois, par Poinsinet de Sivry, avec le texte latin rétabli d'après les meilleures leçons manuscrites. *Paris*, 1771, 12 *vol. in-4. bas. rac.*

101. Histoire naturelle de Buffon. *Paris*, Déterville, *an* VII, 8 *vol. in-18. fig. bas. rac.*

102. Traité élément. d'Histoire naturelle, par A. M. Constant Duméril. *Paris*, 1807, 2 *vol. in-8. bas. rac.*

103. Nouveau Dictionnaire d'histoire naturelle, appliquée aux arts, par une société de naturalistes et d'agriculteurs. *Paris, Déterville,* 1803, 24 *vol. in-8. fig. bas.*

104. Tableau méthodique d'un cours d'Histoire naturelle médicale, par B. Peyrilhe. *Paris*, 1804, 2 *vol. in-8. bas. éc.*

105. Etudes de la Nature, par Bernardin de Saint-Pierre. *Paris*, 1804, 5 *vol. in-8. fig. bas.*

106. L'Ami de la Nature, ou Choix d'observations sur divers objets de la nature et de l'art, par G. Toscan. *Paris, an* VIII, *in-8. bas. rac.*

107. Nouveaux Principes de géologie, par Bertrand. *Paris*, 1797, *in-8. bas. rac.*

108. Nouveaux Principes de géologie, minéralogie, géographie-physique, etc. par P. Bertrand. *Paris*, 1803, *in-8. bas.*

109. Théorie de la Terre, par Jean-Claude de la Métherie. *Paris*, 1797, 5 *vol. in*-8. *bas. rac.*

110. Traité élémentaire de Minéralogie, par Alexandre Brongniart. *Paris*, 1807, 2 *vol. in*-8. *bas. rac.*

111. Catalogue des huit Collections qui composent le Musée minéralogique de Et. de Drée. *Paris*, 1811, *in*-4. *fig. v. j. dent. Pap. Vél.*

112. Scriptores rei rusticæ veteres latini, e recensione Jo. Matth. Gesneri. *Biponti, ex typog. societatis*, 1787, 4 *vol. in*-8. *bas.*

113. Nouveau Cours complet d'Agriculture théorique et pratique, par les Membres de la section d'agriculture de l'Institut de France. *Paris*, 1809, 13 *vol. in*-8. *fig. bas. rac.*

114. Ecole d'Agriculture pratique, par M. de G.... *Paris*, 1796, *in*-12. *fig. bas. rac.*

115. Principes de Botanique, par Ventenat. *Paris*, 1812, *in*-8. *bas.*

116. Cours de Botanique médicale comparée, par Bodard. *Paris*, 1810, 2 *vol. in*-8. *bas. éc.*

117. Dictionnaire élémentaire de Botanique, par Bulliard. *Paris*, 1797, *in-fol. fig. cart.*

118. Dictionnaire universel de Botanique, par J. C. Philibert. *Paris*, 1804, 3 *vol. in*-8. *fig. bas. rac.*

119. Dictionnaire abrégé de Botanique, par J. C. Philibert. *Paris*, 1803, *in*-8. *fig. bas.*

120. Exercices de Botanique à l'usage des commençans, par J. C. Philibert. *Paris*, 1801, 2 *vol. gr. in*-8. *fig. bas.*

121. Calendrier de Flore, ou Etudes de fleurs d'après nature, par madame V. D. C****. (Victorine de Chastenay). *Paris*, 1802, 2 *vol. in*-8. *bas. rac.*

122. Flore française, par de Lamarck et de Candolle. *Paris*, 1805, 5 *vol. in*-8. *bas. éc.*

barbes

p.

francart.

m. huzard.

g. warée

p.

m.lle Dubray

croullebois.

Pons

118 m. feuillet.

119 m. feuillet.

121 m. feuillet.

st jorre

p.

m' huzard.

merlin

fantin -

126. Mand.

128. Mbois.

horriblement rogné' et une carte
geographique ateincte -

m' huzard.

orcel.

p -

p -

p.

p.

123. Nouvelle Flore des environs de Paris, suivant le systême sexuel de Linnée, par F. V. Mérat. *Paris, 1812, in-8. bas.* — 5 — 5.

124. Flora boreali-americana, auct. Andrea Michaux. *Parisiis, typis Caroli Crapelet, 1803, 2 vol. in-8. fig. bas. éc.* — 17.

125. Histoire des chènes de l'Amérique, par André Michaux. *Paris, de l'impr. de Crapelet, 1801, gr. in-fol. fig. cart. Pap. Vél.* — 15.

125bis. La même. *In-fol. cart. pap. ord.* — — — — — 8 — 5.

126. Essai sur les propriétés médicinales de la Digitale pourprée, par F. T. Bidault de Villiers. *Paris, 1812, in-8. bas. éc.* — 1.60.

127. Catalogue des plantes et arbustes, qui se trouvent dans le jardin royal Berggarten, près Hanovre. *Hanovre, 1804, in-12. m. r. tab. dent.* — 3 — —

128. Histoire des animaux d'Aristote, en grec, avec la traduction franç. par Camus. *Paris, 1783, 2 vol. in-4. bas. rac.* — 14 — 10.

129. Histoire des Animaux, à l'usage des jeunes gens. *Hambourg, 1799, in-12. fig. bas. rac.* — 2 — 50.

130. Histoire naturelle des oiseaux de l'Amérique septentrionale, par L. P. Vieillot. *Paris, Desray, 1807, 2 vol. gr. in-fol. figures coloriées, cart. dos de m. r. Pap. Vél. satiné.* — 115.

131. Histoire naturelle des fourmis, par P. A. Latreille. *Paris, 1802, in-8. bas. rac.* — 4 — —

132. Système des Animaux sans vertèbres, par J. B. Lamarck. *Paris, 1801, in-8. bas. rac.* — 3.

133. Manuel pour servir à l'Histoire naturelle des poissons, des insectes et des plantes, trad. du latin de Forster par Leveillé. *Paris, an VII, in-8. bas. rac.* — 2 — 50.

134. Œuvres d'Hippocrate, trad. par Lefebvre de Villebrune. *Paris, 1786, 4 vol. pet. in-12. bas. rac.* — 4 — 80.

3 . . - — 135. Aphorismes d'Hippocrate, latins français, par E. Pariset. *Paris*, 1813, *in-32. v. f.*

6 - — 136. A. Corn. Celsi de Medicina libri octo, ex recensione et cum notis Leonardi Targæ. *Argentorati, ex typographia Societatis Bipontinæ*, 1806, 2 *vol. in-8. bas. rac.*

5 - - 5 . 137. Nova Medicinæ elementa, auct. Josepho Capuron. *Paris.* 1813, *in-8. bas. éc.*

5 - — 138. Cours de Médecine légale théorique et pratique, par J. J. Belloc. *Paris*, 1811, *in-8. bas. éc.*

9 . . 5 139. Nouveaux élémens de Thérapeutique et de Matière médicale, par J. L. Alibert. *Paris*, 1808, 2 *vol. in-8. bas.*

18 - — 140. Principes de Physiologie, par Charles Louis Dumas. *Paris*, 1800, 4 *vol. in-8. bas. rac.*

11 - 50 141. Nouveaux élémens de Physiologie, par Anthelme Richerand. *Paris,* 1811, 2 *vol. in-8. v. éc. Pap. Vél.*

6 - - - 142. Manuel de Santé, ou Médecine pratique, par L. J. M. Robert. *Paris*, 1805, 2 *vol. in-8. bas. rac.*

2 . 50 143. Manuel populaire de Santé, par Marie de Saint-Ursin. *Paris*, 1808, *in-8. bas.*

9 - - - 144. Des Erreurs populaires relatives à la Médecine, par Anthelme Richerand. *Paris,* 1812, *in-8. v. éc. Pap. Vél.*

2 - 50 145. Du Pronostic dans les maladies aiguës, par M. Leroy. *Paris*, 1804, *in-8. bas. éc.*

4 - - 5 146. Observations sur les Maladies des armées, dans les camps et dans les garnisons, par Pringle. *Paris*, 1793, *in-12. bas.*

16 - — 147. Traité des Maladies goutteuses, par P. J. Barthez. *Paris*, 1802, 2 *vol. in-8. bas. rac.*

2 - - — 148. Traité de la Fièvre jaune, par L Moultrie, traduit par Aulagnier. *Paris*, 1805, *in-8. bas.*

p.

p.

p.

Mediat.

idem

Croulleboir.

p.

p.

p.

144. Michau.

Mediat.

idem

croulleboir.

p.

151. Mand.

p.

fantin

idem

Croullebois

idem

meliat.

p.

Croullebois.

p.

p.

Croullebois.

idem

149. Dissertation sur l'Erysipéle, par L. J. Renauldin. *Paris,* 1802 , *in-8. bas.*
150. Traité de la Phthisie pulmonaire, par M. Baumes. *Paris,* 1805, 2 *vol.in-8. bas.*
151. Traité de l'Angine de poitrine, par E. H. Desportes. *Paris,* 1811 , *in-8. bas. éc.*
152. Traité des Hémorrhoïdes, par J. Brice de Larroque. *Paris,* 1812 , *in-8. bas. éc.*
153. Traité de la Gonorrhée virulente, par Bell, trad. par Bosquillon. *Paris,* 1802 , 2 *vol. in-8. bas. rac.*
154. Maladie des voies urinaires. *Paris,* 1803 , *in-8. bas. gr.*
155. Cours élément. de maladies des femmes, par J. M. J. Vigarous. *Paris,* 1801 , 2 *vol. in-8. bas. rac.*
156. Traité des Maladies des femmes, depuis la puberté jusqu'à l'âge critique inclusivement. *Paris,* 1812 , *in-8. bas. éc.*
157. Avis aux Mères qui veulent nourrir leurs enfans. *Paris, an VII, in-12. bas. rac.*
158. Traité sur la manière d'élever sainement les enfants, par Frank , trad. par Boehrer. *Paris, an VII , in-8. bas. rac.*
159. Nouvelle Orthopédie, par P. F. F. Desbordeaux. *Paris,* 1805, *in-18. bas. rac.*
160. Des Maladies des enfants, par N. Chambon. *Paris, an VII, 2 vol. in-8. bas.*
161. Traité des Maladies des enfans jusqu'à la puberté , par J. Capuron. *Paris,* 1813, *in-8. bas. éc.*
162. Traité de la première dentition, par Baumes. *Paris,* 1806, *in-8. bas. rac.*
163. Traité des Convulsions dans l'enfance, par Baumes. *Paris,* 1805, *in-8. bas.*

164. Traité du Croup, par F. J. Double. *Paris*, 1811, *in*-8. *bas. éc.*

165. Nouveaux principes de Chirurgie, par F. M. V. Legouas. *Paris*, 1812, *in*-8. *bas. éc.*

166. Thérapeutique Chirurgicale générale, par Hecker, traduit de l'allemand par E. H. Roché. *Paris*, 1804, *in*-8. *bas.*

167. Nosographie Chirurgicale, par Anthelme Richerand. *Paris*, 1812, 4 *vol. in*-8. *v. éc. Pap. Vélin.*

168. Pathologie chirurgicale, par Lassus. *Paris*, 1806, 2 *vol. in*-8. *bas. rac.*

169. Traité des opérations de Chirurgie, par Ambr. Bertrandi, trad. de l'ital. par Sollier de la Romillais. *Paris, an III, in*-8. *bas. rac.*

170. Traité ou Réflexions sur les plaies d'armes à feu, par H. F. Le Dran. *Paris*, 1793, *in*-12. *bas. rac.*

171. Œuvres chirurgicales, ou Exposé de la doctrine et de la pratique de Desault, par Xavier Bichat. *Paris*, 1801, 3 *vol. in*-8. *fig. bas.* avec 15f.

172. Traité de Splanchnologie, suivant la méthode de Desault. *Paris*, 1809, *in*-8. *bas. gr.*

173. L'Art des Accouchements, par J. L. Baudelocque. *Paris*, 1807, 2 *vol. in*-8. *fig. bas.*

174. Lettres du D^r. William Kentisch, au Cit. Baudelocque. *Paris, an VIII, in*-8. *bas. rac.*

175. Cours théorique et pratique d'accouchement, par J. Capuron. *Paris*, 1811, *in*-8. *bas. éc.*

176. Mélanges de chirurgie et de physiologie, par Phil. Jos. Roux. *Paris*, 1809, *in*-8. *bas. rac.*

177. Expériences sur la circulation du sang, par Spallanzani, trad. par J. Tourdes. *Paris, an VIII, in*-8. *bas. rac.*

178. Essai sur les combustions humaines, par

2 - 90   177 Double même Edition rd.

oral.

p.

Croullebois.

p.

p.

ludet.

p.

p.

croullebois.

Mlle Dubray

p.

p.

p.

p.

croulebon.

p.

La Ditte

p.

Laloy

orcel.

p.

~~m.e Aywaud.~~

p.

fantin

idem

idem

fantin

Pierre Aimé Lair. *Paris*, 1800, *in*-12. *bas. rac.*

179. Traité complet d'Ostéologie, par H. Gavard. *Paris*, 1805, 2 *vol. in*-8. *bas. éc.*

    4 - -50.

180. Elémens de Pharmacie, fondés sur les principes de la Chimie moderne, par F. Carbonel. *Paris*, 1812, *in*-8. *bas.*

    2 - - 5.

181. Code Pharmaceutique à l'usage des hospices civils, par A. A. Parmentier. *Paris*, 1807, *in*-8. *bas. éc.*

    3 - -50.

182. Traité élémentaire de Chimie, par Lavoisier. *Paris*, 1801, 2 *vol. in*-8. *bas. rac.*

    7.

183. Elémens de Chimie de J. A. Chaptal. *Paris*, 1796, 3 *vol. in*-8. *bas. rac.*

    8.

184. Chimie appliquée aux Arts, par M. J. A. Chaptal. *Paris*, 1807, 4 *vol. in*-8. *bas. rac.*

    22 - -5.

185. Curso de Quimica general aplicada a las artes. *Paris*, *en la impr. de C. Crapelet*, 1804, 2 *vol. in*-8. *fig. cart. Pap. Vél.*

    6.

186. Traité des Moyens de désinfecter l'air, par L. B. Guyton-Morveau. *Paris*, 1805, *in*-8. *bas. rac.* = Traité de l'Empoisonnement par l'acide nitrique, par A. E. Tartra. *Paris*, 1802, *in*-8. *bas.*

    4 - -95.

187. Traité du Salpêtre, par Chaptal. *Paris*, 1796, *in*-8. *bas. rac.*

188. Les élémens de géométrie d'Euclide, trad. par F. Peyrard. *Paris*, 1804, *in*-8. *bas. rac.*

    3 - -95.

189. Œuvres d'Archimède, trad. avec un commentaire, par F. Peyrard. *Paris*, 1807, *in*-4. *v. rac.*

    13 - - 5.

190. Mathématiques de Bezout, édition revue par F. Peyrard. *Paris*, 1800, 4 *vol. in*-8. *bas. rac.*

    11 -

191. Leçons élémentaires de Mathématiques, par P. Tedenat. *Paris*, 1801, 2 *vol. in*-8. *bas. rac.*

192. Essai sur la théorie des Nombres, par A. M. Legendre. *Paris*, *an VI*, *in*-4. *bas. rac. dent.*

    6 - -5 -

184 Double bro - - - - - - - - - - 17 - -15.

2 - - 193. Elémens de Géométrie, par A. M. Le Gendre. *Paris*, 1800, *in-8. bas. rac.*

1 - - - 194. Recueil de diverses propositions de Géométrie, par L. Puissant. *Paris*, 1801, *in-8. bas. rac.*

14 - 5 195. Géométrie de position, par L. N. M. Carnot. *Paris*, 1803, *in-4. fig. v. rac.*

1 - 50 196. De la Corrélation des figures de géométrie, par L. N. M. Carnot. *Paris*, 1801, *in-8. bas. rac.*

3 - - 197. Leçons élémentaires d'Arithmétique et d'Algèbre, par P. Tedenat. *Paris, an VII, in-8. bas.*
198. Elémens d'Algèbre, par Lacroix. *Paris, an VIII, in-8. bas. rac.*

3 - 40 199. Traité élémentaire de Calcul différentiel et intégral, par Lacroix. *Paris*, 1812, *in - 8. bas. rac.*

2 - 75 200. Essais sur la Ligne droite, par Lefrançois. *Paris*, 1801, *in-8. bas. rac.* = Traité de l'Arpentage et du Toisé, par Ozanam. *Paris*, 1803, *in-12. bas.*

2 - - - 201. Traité analytique des Courbes et des Surfaces du 2ᵈ dégré, par J. B. Biot. *Paris*, 1802, *in-8. bas. rac.*

5 - 20 202. Théorie des Quantités imaginaires, par A. Suremain-Missery. *Paris*, 1801, *in-8. bas. rac.*
203. Tables trigonométriques décimales ou des Logarithmes, calculés par Ch. Borda. *Paris, de l'imprimerie de la République., an IX, in-4. cart.*

4 - 5 204. Cosmographie élémentaire, divisée en parties astronom. et géograp. par Edm. Mentelle. *Paris, an VII, 2 vol. in-8. fig. bas. rac.*

7 - - 205. Exposition du Système du monde, par P. S. Laplace. *Paris, an VII, in-4. bas. rac.*

avec 207 206. Exposition du Système du monde, par P. S. Laplace. *Paris, an VII, in-4. cart. Pap. Vél.*

p

fantin
francait.
fantin

p.

orcel

p.

p.

simonnet

fantin

p.

orcel.

p.

picrre

~~finannete~~

p.

De Acauncan

picrre.

p.

inpart don figure

215. Mbois.

fantin

p.

207. Traité de Mécanique céleste, par P. S. Laplace. *Paris, an VII, 4 v. in-4. fig. cart. Pap. Vél.*

208. Le même. 2 *vol. in-4. bas. rac.* — — — —

209. Entretiens sur la Pluralité des Mondes, par
Fontenelle. *Dijon, P. Causse, an 11, in-12.
v., éc. dent. Pap. Vél.* — — — — — — — —

210. Dictionnaire de la Marine angloise, et Traduction des termes de la Marine françoise et
angloise, par Ch. Romme. *Paris, 1804, 2 vol.
in-8. fig. bas.*

211. Histoire du Canal du Midi, ou Canal de
Languedoc, par Andreossy. *Paris, de l'imprimerie de Crapelet, 1804, 2 vol. in-4. fig. v. j.
dent. Pap. Vél.*

212. Traité de l'Horlogerie méchanique et pratique, par Thiout l'aîné. *Paris, 1741, 2 vol.
in-4. fig. v. b.*

213. Traité d'Horlogerie, contenant tout ce qui
est nécessaire pour bien connoître les Pendules
et les Montres, par Lepaute. *Paris, 1755, in-4.
fig. v. b.*

214. Abrégé de toutes les Sciences et Géographie
à l'usage des enfans. *Paris, an VII, in-12.
cartes et fig. bas. rac.*

215. Dictionnaire des Beaux-Arts, par A. L. Millin.
Paris, 1806, 3 vol. in-8. bas.

216. Du Laocoon, ou des Limites respectives de
la Poésie et de la Peinture, trad. de l'allem. de
Lessing, par Ch. Vanderbourg. *Paris, 1802,
in-8. bas. rac.*

217. Traité élémentaire de la Peinture, par Léonard de Vinci. *Paris, 1803, in-8. fig. bas. rac.*

218. Examen analitico del quadro de la Transfigu-
racion de Rafael de Urbino. *Paris, en la impr.
de C. Crapelet, 1804, in-8. cart.*

B

avec 218.   3 . - -   { 219. M. Vitruvii Pollionis de Architectura libri decem. *Argentorati, ex typ. Societ.* 1807, *in-8. bas. éc:*

5 . . 95   220. Traité d'Architecture rurale, par M. de Perthuis. *Paris,* 1810, *in-4. fig. bas. j. dent.*

2 . . 50   221. Sex. Julii Frontini Opera. *Biponti, ex typographia Societatis,* 1788, *in-8. bas.*

2 . . 50   222. Flavii Vegetii Renati comitis de re militari, libri quinque, ex recensione Nicolai Schwebelii. *Argentorati, ex typographia Societatis Bipontinæ,* 1806, *in-8. bas. j.*

18 . . 5   { 223. Le Militaire expérimenté. *Paris, an VII, in* 12. *cart.*

224. Traité complet de Fortification, par Gaspard Noizet Saint-Paul. *Paris, an VIII,* 2 *vol. in-8. fig. bas. rac.*

6 . . 15   225. Secrets concernant les Arts et Métiers. *Paris,* 1801, 2 *vol. in-8. bas.*

2 . . 95   226. Le nouveau Teinturier parfait, par de Lormois. *Paris, an VIII,* 2 *vol. in-12. bas. rac.*

3 . . —   227. L'Art de la Teinture des fils et étoffes de coton, par le Pileur d'Apligny. *Paris,* 1798, *in-12. bas. rac.* = L'Art de la Teinture du coton en rouge, par J. A. Chaptal. *Paris,* 1807, *in-8. bas. rac.*

BELLES-LETTRES.

9 . . 15   228. De la Manière d'enseigner et d'étudier les belles-lettres par rapport à l'esprit et au cœur, par Rollin. *Paris,* 1748, 4 *vol. in-12. v. éc.*

3 . . 55   229. Nouveau Traité de littérature ancienne et mo-

p.

fantin
a chaintre.
idem

harrois l'ainé.

harrois l'ainé
simonnet.

225. Mchau.

pierre

p.

Brunaud.

p

232. Mchan.

p.

fantino

a chaixtn.

Brunaud.

234. Mand. Mchan. Mbois.

~~238. Mbois.~~

Brunaud.

239. Mchan. * Mbois.

p.

derne, par F. Pagès. *Paris*, 1802, 3 *vol. in-8.* cart.

230. Principes généraux des Belles-Lettres, par Domairon. *Paris*, 1807, 3 *vol. in-12. bas.*

231. Leçons de Littérature et de Morale, par Fr. Noël et Fr. de Laplace. *Paris*, 1805, 2 *vol. in-8. bas. rac.*

232. De la Littérature considérée dans ses rapports avec les institutions sociales, par madame de Staël-Holstein. *Paris, an VIII,* 2 *vol. in-8. bas. rac.*

233. Abrégé d'un Cours complet de Lexicographie, par P. R. E. Butet. *Paris,* 1801, 2 *vol. in-8. bas. rac.*

234. L'Art d'apprendre les Langues, ramené à ses principes naturels, par M. Weiss. *Paris,* 1808, *in-8. bas.*

235. M. Ter. Varronis de lingua latina libri qui supersunt. *Biponti, ex typog. Societ.* 1788, 2 *vol. in-8. bas.*

236. Dictionnaire de poche latin et françois, par J. B. l'Ecuy. *Paris,* 1805, 1 *vol. in-12. obl. bas. rac.* = Grammaire de Lhomond, par Le Tellier. *Paris,* 1806, *in-12. bas.*

237. Dictionnaire étymologique de la langue françoise, par Ménage, corrigé et augmenté par A. F. Jault. *Paris,* 1751, 2 *vol. in-fol. bas. porph.* dent.

238. Dictionnaire étymologique des mots françois dérivés du grec, par J. B. Morin. *Paris,* 1803, *in-8. bas. rac.*

239. Glossaire de la Langue romane, par J. B. B. Roquefort. *Paris,* 1808, 2 *vol. in-8. fig. bas.*

240. Dictionnaire universel des Synonymes de la

langue françoise, par Girard, Beauzée, etc. *Pa-ris*, 1802, 3 *vol. in-12. v. rac.*

241. Des Tropes, par Dumarsais. *Paris*, 1805, *in-12. bas. rac.* = Remarques morales, philo-sophiques et grammaticales sur le Dictionnaire de l'Académie françoise. *Paris*, 1807, *in-8. bas. rac.*

242. Des Homonymes françois, ou mots qui dans notre langue se ressemblent par le son et dif-fèrent par le sens, par L. Philippon de la Made-laine. *Paris*, 1802, *in-8. bas.*

243. Dictionnaire italien-françois et fr.-ital. par Jos. Martinelli. *Paris, Bossange*, 1797, 2 *vol. in-12. obl. bas.*

244. Nouveau Dictionnaire de poche, françois-espagnol et esp.-fr. par l'abbé Gattel. *Paris, Bossange*, 1798, 2 *vol. in-12. obl. bas.*

245. Dictionnaire françois espagnol et espagnol françois, par C. M. Gattel. *Lyon*, 1803, 2 *vol. in-4. bas. m.*

246. Dictionnaire portugais-françois et françois-portugais. *Paris, de l'impr. de Crapelet*, 1812, 2 *vol. in-12. bas.*

247. Elémens de la Grammaire allemande, par P. A. Basse. *Paris*, 1800, *in-12. bas. rac.* = Parlement nouveau ou premiers Elémens de la langue allemande. *Metz*, 1793, *in-12. bas.*

248. Nouveau Dictionnaire de poche, françois-an-glois et anglois françois. *Paris, Th. Barrois fils*, 1806, 2. *part. en* 1 *vol. in-12. v. m.*

249. Nouveaux Elémens de la conversation en anglois et en françois, par G. Poppleton. *Paris*, 1812, *in-8. bas. j.*

250. Dionysius Longinus de Sublimitate, gr. et lat.

galignani

idem

p.

p.

ored.

galignani   246. Mchau.

retiré.

galignani   249. Mchau.
le clerc.

251. Méchan.

Le Clerc.

La ditte.

p.
p.
p.

p.

p.
La ditte
p.

Parmæ, typis Bodonianis, 1793, *in-fol. cart.
dos. de mar.*

L'épître au pape Pie vɪ, se trouve dans cet exemplaire.

251. Œuvres complètes d'Isocrate, trad. par l'abbé
Auger. *Paris,* 1781, 3 *vol. in-8. v. rac.* *15--50-𝒱-*

252. M. Tullii Ciceronis Opera. *Biponti, ex typographia Societatis,* 1780, 13 *vol. in-8. bas.
porph.* *48.*

253. Marci Tullii Ciceronis in Catilinam orationes
quatuor. *Parisiis, Ant. Aug. Renouard,* 1795,
*in-*18. *bas. rac.* = Lælius, seu de amicitia, dialogus. *Paris. Renouard,* 1796, *in-*18. *bas. rac.*
254. M. T. Ciceronis Cato major, seu de Senectute
dialogus. *Parisiis, Renouard,* 1796, *in-*18. *bas.
rac. Pap. Vél.* *3.*

255. Traité de l'Orateur de Cicéron, trad. par M.
l'abbé Colin. *Paris,* 1805, *in-*12. *bas. éc.* *2--5.*

256. Marci Fabii Quinctiliani Opera. *Biponti, ex
typographia Societatis,* 1784, 4 *vol. in-8. bas.* *12.*

257. C. Plinii Cæcilii Secundi panegyricus, Trajano
Augusto dictus. *Parisiis, Renouard,* 1796,
*in-*18. *bas. rac. Pap. Vél.* *1--50.*

258. Rhétorique françoise, par Domairon. *Paris,*
1804, *in-*12. *bas.*
259. Essai sur l'Eloquence de la chaire, panégy-
riques, éloges et discours, par le card. Maury.
Paris, 1810, 2 *vol. in-8. v. j. dent. Pap.
Vél.* *14-10.*

260. Oraisons funèbres choisies de Mascaron,
Bourdaloue, La Rue et Massillon. *Paris, Renouard,* 1802, *in-*18. *bas. éc.* *1--65.*

261. Oraisons funèbres de Bossuet. *Paris, Renouard,* 1802, 2 *vol. in-*12. *bas. rac. Pap. Vél.* *4-15.*

262. Oraisons funèbres de Bossuet. *Paris, Renouard,* 1802, 2 *vol. in-*18. *bas. rac.* *3.*

263. Oraisons funèbres de Fléchier. *Paris, Renouard*, 1802, 2 *vol. in*-12. *v. rac. Pap. Vél.*

264. Eloges par Thomas, de l'Acad. françoise. *Paris*, 1802, 2 *vol. in*-8. *bas. éc.*

265. Eloge de Marc Aurèle, par Thomas, de l'Acad. françoise. *Paris, an VIII, in*-12. *bas.* = Essai sur le caractère, les mœurs et l'esprit des femmes, par M. Thomas, de l'Acad. françoise. *Paris*, 1772, *pet. in*-8. *v. rac.*

266. Eloge historique et funèbre de Louis XVI. *Neufchâtel, impr. royale*, 1796, *in*-8. *bas. rac.*

267. Les quatre poétiques d'Aristote, d'Horace, de Vida, de Despréaux, avec les traductions et des remarques par M. l'abbé Batteux. *Paris*, 1771, 2 *vol. in*-8. *fig. v. m.* **gr. pap.**

268. L'Iliade et l'Odyssée d'Homère, trad. par Bitaubé. *Paris*, 1780 et 1785, 6 *vol. in*-8. *v. rac.*

269. Anacréon, Sapho, Moschus, Bion et autres poëtes grecs, trad. par Poinsinet de Sivry. *Paris*, 1797, *in*-18. *bas.*=Odes, inscriptions, épitaphes, épithalames et fragmens d'Anacréon, trad. par Gail. *Paris, de l'impr. de Didot l'aîné*, 1794, *in*-18. *bas. rac.*

270. Imitation en vers françois, des Odes d'Anacréon, par S. P. Mérard Saint-Just. *Paris*, 1799, *in*-18. *bas. rac.*

271. Idylles de Bion et de Moschus, trad. en françois, par Gail. *Paris, de l'impr. de Didot jeune, an III, in*-18. *bas. rac.*=Hymnes de Callimaque, par J. F. G. de la Porte du Theil. *Paris, Gail, an III, in*-18. *bas. rac.*

272. Théâtre de Sophocle, traduit en entier avec des remarques, par M. de Rochefort. *Paris*, 1788, 2 *vol. in*-8. *bas.*

273. Selecti e sacris scripturis versiculi ad usum

p.

p.

p.

revendu transporté f 4 -- 60.

    264. il n'y a que l'essai sur les femmes,
    et ~~[illegible]~~ du poisson
    de thomas;

p.

    266. m d'uter.

orcel.

    269. M bois.

    271. M bois.

p.

clerc.

274. Mbois.

279. Mchau.

p.
p.
orcl.
idem
francart.
pichard.
lahitte
orcl.
p.
p.
brunad.

studiosæ juventutis. *Parisiis, Renouard,* 1808,
2 *part. en* 1 *vol. in-*12. *bas. j.*

274. Poëmes sur le Phénix , traduits du latin ,
de Lactance , de Claudien , de Lermæus et
d'Ovide. *Paris ,* 1798 , *in-*18. *bas. rac.*

275. T. Lucretii Cari de rerum natura libri sex.
Argentor. ex typ. societ. 1808, *in-*8. *bas. rac.*

276. Catullus , Tibullus et Propertius , cum com—
ment. M. Antonii Mureti. *Venetiis, Aldus ,*
1558 , *in-*8. *vél.*

277. Catulli , Tibulli , Propertii Opera. *Parmæ ,
typis Bodonianis ,* 1794 , *gr. in-fol. cart. dos de
m. r. Pap. Vél.*

278. Catullus, Tibullus, Propertius cum Galli frag-
mentis et Pervigilio Veneris. *Biponti, ex typographia Societatis ,* 1794 , *in-*8. *bas.*

279. Traduction complète des poésies de Catulle ,
par François Noël. *Paris ,* 1803 , 2 *vol. in-*8.
v. rac. fig. et les eaux fortes. Pap. Vél.

280. Publius Virgilius Maro. *Londini , Dulau ,*
1800, 2 *vol. in-*8. *fig. cuir de Russie gauf.*

281. P. Virgilii Maronis Opera , ad optimas edit.
collata. *Argentorati , ex typog. Societ.* 1808 ,
2 *vol. in-*8. *bas.*

282. Les Bucoliques de Virgile , traduites en vers
françois par M. Firmin Didot. *Paris ,* 1806, *in-*8.
v. rac.

283. Les Bucoliques de Virgile , trad. par Tissot.
Paris , 1808 , *in-*12. *bas. éc.*

284. Les Bucoliques de Virgile , trad. en français.
par J. A. Deville. *Paris ,* 1813 , *in-*8. *v. gaufré,
dent.*

285. Les Georgiques de Virgile , trad. en vers, par
J. Delille. *Paris , Bleuet ,* 1809, *in-*18. *dem. rel.*

286. Quinti Horatii Flacci poemata , illust. a Joanne

Bond. *Aurelianis, typ. Couret de Villeneuve*, 1767, *in*-12. *v. m.*

2 -- 5   287. Quinti Horatii Flacci Opera. *Biponti, ex typ. Societ.* 1792, *in*-8. *bas.*

1 -- 60   288. Phaedri Augusti liberti, fabularum Aesopiarum libri quinque, ex editione Burmanni. *Glasguae, typis Urie*, 1741, *in*-12. *v. rac.*

1 -- 85   289. Phædri Augusti liberti fapulæ Æsopiæ novissime recognitæ et emendatæ. *Biponti, ex typographia Societatis*, 1784, *in*-8. *bas. marb.*

♂ 2 -- 60   290. Phædri Augusti liberti Fabellæ novæ duo et triginta ex codice Perottino. *Paris.* 1812, *in*-12. *v. f. Pap. Vél.*

12 -- 5   291. Publii Ovidii Nasonis Opera. *Argentorati, ex typog. Societatis*, 1807, 4 *vol. in*-8. *bas.*

♂ 72 -- 95   292. Les Métamorphoses d'Ovide, traduites en vers, par de Saintange ; édit. ornée de 141 estampes. *Paris, de l'impr. de Crapelet*, 1808, 4 *vol. gr. in* - 8. *veau porph. dent. Gr. Papier.*

2 -- 95   293. Marci Annæi Lucani Pharsalia ; ejusdem ad Calpurnium Pisonem poemation. *Argentorati*, 1807, *in*-8. *bas.*

10 -- 60   294. La Pharsale de Lucain, trad. par Brébeuf. *Paris, de l'impr. de Crapelet*, 1796, 2 *vol. in*-8. *fig. v. rac.*

2 -- 50   295. C. Valerii Flacci Argonauticon libri octo. *Biponti, ex typ. Societ.* 1786, *in*-8. *bas. éc.*

2 -- 55   296. Caii Silii Italici Punicorum libri septemdecim. *Biponti, ex typ. Societ.* 1784, *in*-8. *bas. éc.*

3 -- 20   297. P. Papinii Statii Opera. *Biponti, ex typographia Societatis*, 1785, *in*-8. *bas. j.*

♂ 2 -- —   298- L'Achilléide, Imitation en vers du Poëme de Stace, par Cournand. *Paris, an VIII, in*-12. *bas.* = Poésies de M. Aurelius Olympius Nemésien. *Paris, an VII, in*-18. *bas. rac.*

p.

La Hitte

p.

290. Mchau ✱

p.

292. Mlien.

p

La Hitte

p.

p.

p

298. Mbois.

marque la figure.

303 . Mbois.

Brunaud.

La Ditte

p .

ored .

La Ditte

p .

Brunaud .

p .

p .

p .

p .

p .

299. M. Val. Martialis Epigrammata , cum inter- 2-20.
pretatione ac notis. *Parisiis , * 1693, *in - 12.*
v. porp.

300. M. Valerii Martialis Epigrammata. *Biponti , * 5.
*ex typographia Societatis , * 1784, 2 *vol. in-8.*
bas.

301. A. Persii Flacci et Dec. Jun. Juvenalis Satyræ. 2--50.
*Biponti, ex typographia Societatis, * 1785 , *in-8.*
bas.

302. Satyres de Juvenal, trad. par J. Dusaulx. 38--50.
*Paris , de l'impr. de Didot jeune, * 1796, 2 *vol.*
in-4. v. éc. dent. Pap. Vél.

303. Satyres de Juvénal , traduites par J. Du- 11--95. 2
saulx. *Paris, * 1803, 2 *vol. in-8. bas. rac.*

304. D. Magni Ausonii Burdigalensis Opera. *Bi-* 2--50.
ponti , ex typ. Societ. 1785, *in-8. bas.*

305. Cl. Claudiani Opera quæ exstant. *Biponti , * 3.
ex typ. Societ. 1784, *in-8. bas. éc.*

306. Pervigilium Veneris, ex edit. Pet. Pithœi et 2--55.
cum Justi Lipsii notis. *Hagæ-Comitum, * 1712,
in-8. v. b.

307. M. Acci Plauti Comœdiæ superstites viginti. 8--10.
*Biponti , ex typographia Societatis , * 1783,
3 *vol. in-8. bas. jasp.*

308. Publii Terentii Afri Comœdiæ sex. *Biponti , * 5--50.
ex typ. Societ. 1779, 2 *vol. in-8. bas.*

309. L. Annæi Senecæ Tragœdiæ. *Biponti , ex* 3--5.
*typographia Societatis , * 1785, *in-8. bas. éc.*

310. Joannis Audoeni Cambro-Britanni Epigram- 4--80.
mata , cura A. Aug. Renouard. *Parisiis , typis*
*Petri Didot, * 1794 , 2 *vol. in-12. bas. rac.*
Pap. Vél. =Carmina ethica, ex diversis aucto-
ribus collegit Ant. Aug. Renouard. *Parisiis , *
*Petrus Didot, * 1795 , *in-12. bas. rac. Pap. Vél.*

311. Matthiæ Casimiri Sarbievii Carmina. *Argen-*- 1--50.

torati, *ex typographia Societatis Bipontinæ*,
1803, *in-8. bas. rac.*

2. -50 312. Poétique françoise, par Domairon. *Paris*,
1804, *in-12. bas.*

26. -95 313. Fabliaux et Contes des Poëtes françois des XI,
XII, XIII, XIV, et XVe siècles, publiés par Barba-
zan. *Paris*, 1808, *4 vol. in-8. fig. bas.*

2. -95 314. Nouveau recueil des meilleurs Contes en vers.
Paris, 1784, *in-8. bas.*

D. 7. -95 315. L'Enfer de la mère Cardine. 1597, (1793), *in-8.*
v. f. Pap. Vél.

11. --- 316. Fables de La Fontaine. *Paris, Bossange*,
1796, *6 tomes en 2 vol. in-18. veau rac. Pap.*
Vél.

Il n'y point de figures dans cet exemplaire.

34. -- 317. Fables de La Fontaine, avec les figures de Simon et Coiny. *Paris, Bossange*, 1796, *6 tomes*
rel. en 4 vol. gr. in-18. veau j. Pap. Vél.

54. -50 318. Fables de La Fontaine, avec figures gravées
par Simon et Coiny. *Paris, Bossange, de l'impr.*
de Crapelet, 1796, *6 tom. rel. en 4 vol. in-8. fig.*
mar. r. dent. Pap. Vél.

Les figures sont des premières épreuves. Quelques feuillets
sont tachés d'eau.

D. 11. -95 319. Fables de La Fontaine, avec de nouvelles gravures exécutées en relief. *Paris, Renouard*,
1811, *2 vol. in-12. v. éc. Pap. Vél.*

7. -- 320. La Fontaine's fables translated by Robert
Thomson. *Paris*, 1806, *4 tom. en 1 vol. in-8.*
fig. v. br. gauf.

13. -50 321. Œuvres de Boileau Despréaux. *Paris, de*
l'impr. de Crapelet, 1798, *in-4. fig. cart.*

1. -50 322. Poésies de madame et de mademoiselle Deshoulières. *Paris*, 1732, *2 vol. in-8. v. b.*

D. 20. -95 323. Œuvres de madame Deshoulières. *Paris, de*

5. -50 320 Double 4 vol. br. — — — —

4. -75 320 triple 4 vol. br. — — — — —

p.

pierre

p.

Brunaud.

p.

p.

313. Mchau.

315. Mchau.*

p.

pierre

p.

p.

p.

323. Mchau.

francart.

p.

p.

727. Mchau.

p.

pierre.

pierre.

retiré

retiré.

p.

334. Mehau. *

Brunard.

Brunard.

l'impr. de Crapelet, an VII, 2 vol. gr. in-8. v. gr. dent. Pap. Vélin.

324. La Religion, poëme, par Louis Racine. *Paris, 1742, in-8. v. b.*   3 – 5.

325. Œuvres complettes de M. Bernard. *Londres, 1775, in-12. v. m.* = Poésies de Chaulieu. *Paris, 1803, in-12. v. rac.*   3 – 85.

326. Œuvres de Bernard. *Paris, de l'impr. de Crapelet, in 8. fig. bas. rac.*   2.

327. Œuvres de Gresset. *Paris, Bleuet jeune, 1803, 3 vol. in-18. fig. v. m. Pap. Vél.*   14 – 95. D.

328. Narcisse dans l'isle de Vénus, poëme, par Malfilâtre. *Paris, Maradan, in-8. fig. v. éc. Pap. Vélin.*   3 – 20.

329. La Pucelle d'Orléans, poëme, par Voltaire. *Paris, impr. de Didot jeune, an III, 2 tom. rel. en 1 vol. pet. in-fol. fig. v. rac.*   23 – 95.

330. La Pucelle d'Orléans, poëme en 21 chants, par Voltaire. *Paris, an VII, 2 vol. gr. in-8. fig. v. gr. dent Pap. Vél.*   25.

331. La Henriade travestie, en vers burlesques. *Amst. 1756, in-12. bas. j.*

332. Les Poésies de Thomas, de l'Acad. françoise. *Paris, an VII, in-12. bas. rac.* = Essai sur le Caractère, les Mœurs et l'Esprit des Femmes, par le même. *Paris, 1803, in-8. bas. rac.*

333. Idylles, et autres Poésies de Berquin. *In-18. fig. de Marillier, v. f.*   2 – 70.

334. Œuvres de Ponce Denis (Ecouchard) Le Brun, mises en ordre et publiées par P. L. Ginguené. *Paris, (de l'impr. de Crapelet), 1811, 4 vol. in-8. v. gr. Pap. Vél.*   25 – 95. D.

335. Poëmes de Legouvé et de Vigée. *Paris, an VII, gr. in-18. bas.*

336. Le Mérite des Femmes, et autres Poésies, par   4 – 25.

   1 – 60.

335 Double cart

Gabriel Legouvé. *Paris*, 1804, *in-18. fig. v. rac.*
= Mes Conversations, épitre, par Vigée. *Paris*,
an IX, gr. in-18. bas. rac.

337. L'Homme des Champs, ou les Géorgiques
françoises, par Jacques Delille. *Strasbourg*,
1800, *in-12. fig. bas. rac.*

338. La Dunciade, poëme, augmentée du Tableau
du Jacobinisme, par Palissot. *Paris*, 1797,
in-18. bas. rac.

339. Les Francs, poëme héroïque, par C. L. Lesur.
Paris, 1797, *in-8. cart. Pap. Vél.*

340. Le Mérite des Hommes, poëme, par Angé-
lique Rose Gaëtan. *Paris, an IX, in-12. bas.*
= Mon entrée au Parnasse, par F. de Bastide.
Paris, 1801, *in-12. bas. rac.*

341. Poésies de Vasselier. *Paris*, 1800, *2 vol. in-18.*
bas. rac.

342. Les Scandinaves, poëme, par Jos. Chérade
Montbron. *Paris*, 1801, *2 vol. in-8. bas. rac.*

343. Herbier moral, ou Recueil de Fables nouvelles, par madame de Genlis. *Paris*, 1801, *in-8.*
bas. rac.

344. Le même ouvrage. *Paris*, 1801, *in-12. bas. rac.*

345. Les Plantes, poëme, par René Richard Castel. *Paris*, 1802, *in-12. fig. bas. rac.* = L'Édu-
cation, poëme, par J. La.... T. *Paris*, 1803,
in-12. v.

346. Les Plantes, poëme, par René Richard Castel. *Paris*, 1811, *gr. in-18. fig. v. j.* = La Forêt
de Fontainebleau, poëme, par René Richard
Castel. *Paris*, 1805, *in-8. v. rac.*

347. Mes Passe-temps, chansons, suivies de l'Art
de la Danse, par J. E. Despréaux. *Paris*, 1806,
2 vol. in-8. fig. cart. Pap. Vél.

348. Epître à M. Palissot, par un habitant du Jura.

juin

p.

338. Mand.

340. Mand.

Brunaud.

Barbe

juin.

mediat.

juro

346. Mbois.

pierro.

juril.

merlin

orcel.

Brunad.

Barbe

pierre

Brunad.

p.

galignani.

Barbe

francart.

orcel.

Paris, 1806, *in-8. cart. Pap. Vél.* = Les Echecs, poëme, par l'abbé Roman. *Paris,* 1807, *in-18. bas.*

349. L'Année champêtre, poëme en 4 chants, par Aud. Murville. *Paris,* 1808, *in-8. bas. éc.*

350. Les Fleurs, idylles morales, suivies de Poésies diverses, par E. Constant Dubos. *Paris,* 1808, *in-8. fig. v. gr. Pap. Vél.*

351. Théâtre de P. Corneille, avec les Commentaires de Voltaire. *Paris, Bossange,* 1797, 12 *vol. in-8. fig. bas. éc.*

352. Théâtre choisi de P. Corneille. *Paris, Didot l'aîné,* 1783, 2 *vol. gr. in-4. m. r.*

353. Œuvres de Molière. *Paris,* 1770, 8 *vol. in-12. fig. bas. rac.*

354. Œuvres de Molière, avec des remarques gramm. par Bret. *Paris,* 1804, 6 *vol. in-8. fig. v. éc.*

355. Les Œuvres de théâtre de Dancourt. *Paris,* 1760, 12 *vol. in-12. bas. rac.*

356. Œuvres de Lagrange-Chancel. *Paris,* 1758, 5 *vol. in-12. bas. rac.*

357. Œuvres d'Alexis Piron. *Paris,* 1758, 3 *vol. in12. fig. v. éc.*

358. Théâtre de Voltaire. *Londres,* 1782, 10 *vol. in-18. fig. bas. rac.* *Manque le tome 10.*

359. Le Paradis, poëme du Dante, trad. de l'italien par M. Artaud. *Paris,* 1811, *in-8. v. porph. dent. Gr. Pap. Vél. avec un portrait du Dante par Raphaël Morghen, Épreuve avant la lettre.*

Il n'a été tiré que deux exemplaires de ce Papier Jésus Vél.

360. Jérusalem délivrée, Poëme trad. de l'italien du Tasse, (par M. le Brun.) *Paris, Bossange,* 1803, 2 *vol. in-8. fig. v. j.*

4 - — 36r. La Jérusalem délivrée, trad. en vers françois, par L. P. M. Baour-Lormian. *Paris*, 1796, 2 *vol. in-8. bas. rac.*

5 - — 362. Les Veillées du Tasse, par J. F. Mimaut. *Paris, an VIII, in-8. bas. rac.* = I Monumenti delle belle arti nella citta di Parigi, di A. Pochini. *Parigi, F. Didot*, 1809, *in-8. v. porph. dent. Pap. Vélin.*

3 - -95 363. Les Veillées du Tasse, traduites par M. B. Barère. *Paris*, 1804, *in-8. v. rac. Pap. Vél.*

7 - -10 364. La Lusiade, trad. du portugais, de L. Camoens, (par J. F. de Laharpe.) *Paris*, 1776, 2 *vol. in-8. fig. bas.*

2 - -50 365. Paradise lost, by John Milton. *Paris*, 1803, *in-12. bas.* = Fables by John Gay. *Paris*, 1800, *in-18. bas. rac.*

3 - -50 366. Comus, Masque de Milton, représenté au château de Ludlow, en 1634, avec une Traduction italienne. *Paris, de l'impr. de C. Crapelet*, 1806, *in-4. cart. Pap. Vél.*

1 - — 367. The Seasons, by James Thomson. *Paris*, 1803, 2 *tomes en 1 vol. in-12. bas.*

8 - -45 368. Les Saisons, poëme, trad. de l'angl. de Thomson. *Paris*, 1796, *in-8. fig. de le Barbier, v. rac. Pap. Vél.*

1 - -75 369. Fables by John Gay, and by Edw. Moore. *Paris*, 1802, *in-12. v. m. Pap. Vél.*

2 - — 370. Fables by John Gay, and by Edw. Moore. *Paris*, 1802, *in-18. bas. rac.* = The poetical Works of Oliver Goldsmith. *Paris*, 1803, *in-12. bas.*

1 - -95 371. Selection of english Plays. *Paris*, 1804, *in-12. bas.*

D. 17 - -95 372. Théâtre des Variétés étrangères, ou Choix des meilleures pièces des Théâtres allemand,

orcd.

orcd.

Brunard.
idem

galignani.

merlin

orcd.

picard

orcd.

Lambert

galignani.

372. Mchau.

orcel.

p.

p.

p.

p.

La Sitte

La Sitte

galignani

381. M. de S.

Brunard.

p.

italien et anglois. *Paris, 1807, 4 vol. in-8. bas. rac.*

373. Théâtre de Schiller, trad. de l'allemand par Lamartellière. *Paris, 1799, 2 vol. in-8. bas. rac.*

374. Don Carlos, trad. de l'allemand de F. Schiller, par Lezay. *Paris, an VIII, in-8. bas. rac.* = Misanthropie et Repentir, drame en cinq actes, de Kotzebue. *Paris, an VII, in-8. bas.*

375. Mythologie dramatique, traduite de Lucien, par J. B. Gail. *Paris, an III, 3 vol. in-18. bas. rac.*

376. Dictionnaire portatif de la Fable, par Chompré, publié par A. L. Millin. *Paris, 1801, 2 vol. in-8. bas. rac.*

377. Lucii Apuleii Madaurensis Platonici philosophi Opera. *Biponti, ex typ. Societ. 1788, in-8. bas. éc. 2 vol.*

378. Apuleii Metamorphoseon libri undecim. *Parisiis, Renouard, 1796, 3 vol. in-18. bas. rac. Pap. Vél.*

379. Psyches et Cupidinis amores ex Apuleii Metamorphoseon libris excerpti. *Parisiis, Ant. Aug. Renouard, 1796, in-18. bas. rac. Pap. Vél.*

380. Contes moraux, par Marmontel. *Londres, 1795, 8 vol. in-18. cart.*

381. Longi Pastoralium de Daphnidis et Chloës amoribus libri IV, græce, cum proloquio de libris eroticis antiquorum. *Parmæ, e Regio typog. 1786, in-4. mar. v. dent. doublé de tabis.*

382. Les Amours pastorales de Daphnis et Chloé, trad. par Amyot. *Paris, 1745, pet. in-8. mar. rouge, dent. avec les fig. d'Audran.*

383. Les Amours pastorales de Daphnis et de Chloé, trad. du grec par Amyot. *Paris, 1803, in-18. bas. éc.*

4 . . 15 384. Les Amis de Henri IV, Nouvelles historiques. *Paris,* 1805, 3 *vol. in-*12. *bas. rac.*

1 . . 10 385. Amours d'Euryale et de Lucrèce, par M. S. D.*** *Paris, an* VIII, *in-*12. *bas. éc.*

30 . . 50. 386. Les Aventures de Télémaque, fils d'Ulysse, par M. de Fénelon. *Paris, impr. de Crapelet, an* IV, 2 *vol. gr. in-*8. *fig. v. rac. dent. Pap. Vél.*

387. Les Aventures de Télémaque, par Fénelon. *Paris, Th. Barrois, an* VII, 2 *vol. in-*18. *cart. Pap. Vél.*

3 . . 5 388. Les mêmes. *Paris, an* VII, 2 *vol. in-*18. *bas. rac.*

3 . . 65 389. Les Aventures de Télémaque, en françois et en anglois. *Paris,* 1806, 2 *vol. in-*12. *bas.*

1 . . 60 390. The Adventures of Telemachus. *Paris,* 1798, *in-*12. *bas.*

1 . . 50 391. Les Bataves, par Bitaubé. *Paris,* 1797, *in-*8. *bas. rac.*

7 . . 392. Les Egaremens de l'Amour, ou Lettres de Fanéli et de Milfort, par M. Imbert. *Paris,* 1776, 2 *vol. in-*8. *fig. bas. rac.*

393. Elnathan ou les Ages de l'Homme, par Barthès de Marmorières. *Paris,* 1802, 3 *vol. in-*8. *bas. rac.*

8 . . 95 394. Les Enfans de l'Abbaye, par Mad. Regina Maria Roche, trad. de l'ang. par André Morellet. *Paris,* 1797, 6 *vol. in-*12. *fig. bas. rac.*

4 . . 25 395. L'Enfant du Carnaval. 1796, 2 *vol. in-*8. *bas. rac.*

3 . . — 396. Mémoires de Miss Bellamy, trad. de l'angl. *Paris, an* VII, 2 *vol. in-*8. *bas. rac.*

18 . . — 397. La plaisante et joyeuse Histoire du grand Géant Gargantua. *Lyon, Estienne Dolet,* 1542, *in-*18. *fig. m. r.* = Pantagruel, roi des Dipsodes, par

Mlle Dubray.

p.

pierre.

p.

p.

Orcel.

p.

p.

p.

Brunard.

p.

Brunard.

galignani   5 — —   398

            p.   2 - 5   399
            p.   3 - 65   400
            p.   5 - 15   401

            ord.   5 - 95   402
            icon   2 - 60   403
    p. achint   3 - - -   404.

405. Mchau.   ♂ . —   3 - 10   405
                 p.   1 - 80   406.

407. Mbois.   ♂.   1 - 50   407

408. Mchau.   ♂ —   2 - 50   408

                La ditte   2 - 50   409

                p. - -   3 - 50   410.

Franç. Rabelais. *Lyon, Dolet,* 1542, 2 *vol. in-*18. *fig. m. r.*

398. The Vicar of Wakefield, a tale, by Oliv. Goldsmith. *Paris,* 1806, *in-*12. *bas.*=The History of Rasselas, by D^r. Johnson. *Paris,* 1804, *in-*12. *bas.*

399. The Life and Adventures of Robinson Crusoe. *Paris,* 1801, *in-*12. *bas. rac.*

400. Travels of Gulliver, by Jon. Swift. *Paris,* 1804, 2 *vol. in-*12. *bas.*

401. Auli Gellii noctium Atticarum libri xx. *Biponti, ex typog. Societatis,* 1784, 2 *vol. in-*8. *bas. éc.*

402. Aur. Theodosii Macrobii Opera. *Biponti,* 1788, 2 *vol. in-*8. *bas.*

403. T. Petronii Arbitri Satyricon. *Biponti, ex typ. Societ.* 1790, *in-*8. *bas.*

404. Titi Petronii Arbitri Satyricon. *Parisiis, Renouard,* 1797, 2 *vol. in-*18. *bas. rac. Pap. Vél.*

405. Histoire de la Galanterie, chez les différens Peuples. *Paris,* 1797, *in-*18. *bas. rac.*

406. Eloge des Perruques, par le docteur Akerlio. *Paris, an VII, in-*12. *bas. rac.*

407. Les Paroles mémorables des grands Hommes de l'Antiquité, grecs et romains, par A. Jauffret. *Paris, an IX, in-*18. *bas.*

408. Dictionnaire des Proverbes françois. *Paris,* 1758, *in-*8. *v. b.*

409. Opuscula Academica seorsim olim edita, nunc recognita, in unum volumen collegit auctor Johannes Schweighæuser. *Argentorati, ex typographia Societatis Bipontinæ,* 1806, *in-*8. *bas. marb.*

410. Le Conservateur ou Recueil de morceaux inédits d'Hist. de Politique, de Littérature, etc.

Paris, de l'impr. de Crapelet, an VIII, 2 vol. in-8. cart.

411. Les Œuvres de M. de Balzac. *Paris,* 1665, *in-fol. bas.*

412. Œuvres de M. Scarron. *Amsterdam,* 1752, *7 vol. in-12. m. v.*

413. Œuvres de Louis XIV. *Paris,* 1806, 6 *vol. in-8. v. éc. Pap. Vél.*

414. Œuvres complètes de François de Salignac de la Mothe Fénelon. *Paris,* 1810, 10 *vol. in-12. v. porph. dent.*

415. Œuvres choisies de l'abbé de St Réal.=Œuvres choisies de St Evremont. *Paris, Desessarts,* 1804, 3 *vol. in-12. bas. rac.*

416. Œuvres du Comte Ant. Hamilton. 1762, *7 vol. pet. in-12. bas. éc.*

417. Œuvres complètes de Fréret. *Paris,* 1796, 20 *vol. in-18. bas. rac.*

418. Œuvres complètes de Sénecé. *Paris,* 1805, *in-12. bas. rac.*

419. Œuvres complètes de Voltaire. *de l'impr. de la Société littéraire typographique,* 1785, 92 *vol. in-12. fig. bas. jasp. Gr. Pap. Vél.*

420. Œuvres de Léonard. *Paris,* 1787, 2 *vol. in-18. v. rac.*

421. Mélanges historiques, critiques de Physique, de Littérature et de Poésie, par Dorbessan. *Paris,* 1768, 4 *vol. in-8. bas. rac.*

422. Œuvres de M. de Pompignan. *Paris,* 1783, 4 *vol. in-8. bas.*

423. Œuvres complètes de M. de Saint-Foix. *Paris,* 1777, 6 *vol. in-12. bas. rac.*

424. Œuvres complètes de Duclos, de l'Académie françoise. *Paris,* 1806, 10 *vol. in-8. v. rac. Pap. Vél.*

411   4 -- 25   p.   2 vol.
412   40 -- 5 -- d.
413   38 -- 95 -- d.
414   25 -- 60 : Corby   413. Mchan.
415   3 --   fontaine
416   10 -- 5 -- Brunard.   manque un titre
417   18 --   p.
418   1 -- 55   p.
419   392 --   Corby
420   3 ----   fontaine
421   6 ----   fontaine
422   6 -- 35 -- p.
423   11   Brunard.
424   100 -- 5 -- d.   424. Mchan. *

gonellin - 15 - 5   425

426. Mchau. ✱   D.   49 - 95   426

imparfait à la fin d'un vol.   ~~treuté~~ 154 - - -   427
ci-revers   galignani.

Brunard. 76 - 95   428
429. Mchau.   D.   12 - -   429

Brunard. 26 - 75   430

francart. 60 - - -   431

pierre. 52 - -   432
433. Mchau.   D. - 39 - 95 -   433

D.   19 - 95   434

p - 3 - 95   { 435
                 436

fantin. 8 - 30.   437

425. Œuvres de Boullanger. *Amsterdam*, 1794, 6 *vol. in-8. bas. éc.*

426. Œuvres de l'abbé de Mably. *Paris*, 1794, 15 *vol. in-8. v. gr. Pap. Vél.*

427. Œuvres complètes de J. J. Rousseau ; nouvelle édit. classée par ordre de matières et ornée de 90 gravures de Marillier, Moreau le jeune, etc. *Paris, Poinçot*, 1788, 38 *vol. in-8. v. rac.*
On y a joint une lettre écrite de la main de J. J. Rousseau, au marquis de Condorcet.

428. Œuvres de Denis Diderot, publiées par J. And. Naigeon. *Paris*, 1798, 15 *vol. in-8. bas. rac.*

429. Mémoires historiques, littéraires, politiques, anecdotiques et critiques de Bachaumont, par J. T. M....e. *Paris*, 1809, 3 *vol. in-8. bas. rac.*

430. Œuvres complètes de Pierre Aug. Caron de Beaumarchais. *Paris*, 1809, 7 *vol. in-8. fig. bas. rac.*

431. Œuvres complètes de Berquin. *Paris, Renouard*, 1803, 17 *vol. in-12. fig. v. f. Pap. Vél.*

432. Œuvres complètes de M. de Florian. *Paris, Dufart*, 1803, 11 *vol. in-8. fig. bas. rac.*

433. Œuvres de C. A. Demoustier. *Paris, Renouard*, 1803, 11 *tom. rel. en* 6 *vol. in-12. v. gr. dent. fig. de Moreau jeune. Pap. Vél.*

434. Œuvres complètes de Palissot. *Paris*, 1809, 6 *vol. in-8. bas. Pap. Vél.*
On a fait relier séparément un discours inédit de l'auteur, imprimé *in-8.*

435. Les Loisirs du général de division François Wimpffen. *Paris, an VI, in-8. bas.*

436. Œuvres posthumes de M. le chevalier de Latramblaye. *Paris, de l'imprimerie de Crapelet*, 1808, 2 *vol. in-12. v. porph. dent. Pap. Vél.*

437. Opere varie filosofico-politiche in prosa e in

versi di Vittorio Alfieri da Asti. *Parigi, Cl. Molini*, 1800, 4 *vol. in-12. bas. éc.*

438. British library, Poetry. *Paris*, 1804, 8 *vol. in-12. bas. m.* = Prose, 1804-1811, 11 *vol. in-12. bas. m.*

439. Œuvres choisies de Pope. *Paris*, 1800, 3 *vol. in-18. v. m.*

440. Œuvres de Salomon Gessner. *Paris, Renouard*, 1795, 4 *vol. in-12. fig. bas. Pap. Vél.*

441. Œuvres de Salomon Gessner. *Paris, Bossange*, 1797, 3 *vol. in-18. fig. bas. rac.*

442. Œuvres de Salomon Gessner. *Paris, Renouard, de l'impr. de Crapelet*, 1799, 4 *vol. in-8. v. rac. Pap. Vél.*
Il n'y a point de figures dans cet exemplaire.

443. Œuvres de Salomon Gessner. *Paris, Renouard, de l'impr. de Crapelet*, 1799, 4 *vol. in-8. fig. mar. citron, tabis. dent. Pap. Vél.*

444. L. Annæi Senecæ epistolæ morales, notis criticis illustravit Johannes Schweighaeuser. *Argentorati, ex typographia Societatis Bipontinæ*, 1809, 2 *vol. in-8. bas. éc.*

445. C. Plinii Cæcilii Secundi epistolæ et panegyricus. *Biponti, ex typographia Societatis*, 1789, 2 *vol. in-8. bas. éc.*

446. C. Plinii Cæcilii Secundi epist. et panegyricus Trajano dictus. *Parisiis*, 1807, *in-12. bas. rac.*

447. Lettres d'Héloïse et d'Abailard. *Paris, de l'impr. de Didot jeune*, 1796, 3 *vol. gr. in-4. fig. v. j. dent. Pap. Vél.*

448. Cartas de Heloysa y Abelardo, en prosa y en verso. *Madrid, (Paris,)* 1813, *in-18. v. j.*

449. L'Art de la Correspondance, ou Modèle de

438   31 -- 5 - orcd.
439   8 . -   p.
440.   19 -- 5-   p.
441   5 -- 80 - p.
442.   16 --   Kilian

443.   58 -- 5-   p.
444.   6 -- 5-   d.

445.   6 -- 5 -   p.

446.   1 -- 80 - p.

447   49 -- 5-   La Loy

448.   2 -- 50 - galignani.
449   2 -- 15   fantin

	fantin	4 - 20	450
451. Mchau.	fantin	76 - 5	451
452. Mchau.*	D.º	37 - —	452
	p.	5 - 15	453
	Ludct.	8 - 15	454
	D.º	3 - 9⁵ {	455. / 456.
	orcd.	28 - —	457
	brutd.	3 - 20	458
	trutd.	4 - 9⁵	459

Lettres sur toutes sortes de sujets. *Paris, an VIII, in-*12. *v. rac.*

450. L'Art de la Correspondance en anglois et en françois, par A. G. Maillet. *Paris,* 2 *vol. in-*12. *basane.*

451. Lettres de madame de Sévigné à sa fille et à ses amis, mises en ordre par Ph. A. Grouvelle. *Paris,* 1806, 8 *vol. in-*8. *fig. v. gr. dent.*

452. Lettres de la marquise du Deffand à Horace Walpole, auxquelles sont jointes des Lettres de madame du Deffand à Voltaire. *Paris,* 1812, 4 *vol. in-*8. *v. m. dent. Pap. Vél.*

HISTOIRE.

453. Les Rudimens de l'histoire, par Domairon *Paris,* 1805, 3 *vol. in-*12. *bas.*

454. Stephanus Byzantinus de Urbibus, gr. et lat. cum Th. de Pinedo observationibus. *Amster.* 1678, *in-fol. vélin.*

455. Pomponii Melæ de Situ orbis libri tres. *Argentorati, ex typ. Societ. Bipontinæ,* 1809, *in-*8. *bas.*

456. C. Iulii Solini Polyhistor ad optimas editiones collatus. *Biponti, ex typographia Societatis,* 1784, *in-*8. *bas.*

457. Nouvelle Géographie universelle, par William Guthrie, trad. de l'angl. par F. Noël. *Paris,* 1802, 6 *vol. in-*8. *v. rac. et un atlas dem. rel.*

458. Abrégé de la Géographie universelle, de William Guthrie. *Paris,* 1800, *in-*8. *fig. bas.*

459. Dictionnaire Géograph. portatif, des quatre

parties du Monde, par Vosgien. *Paris, 1795, in-8. bas.*

460. Atlas portatif, contenant la Géographie universelle ancienne et moderne. *Paris, Desray, 1809, in-4. oblong, cart.*

461. Bibliothèque universelle des Voyages, par G. Boucher de la Richarderie. *Paris, 1808, 6 vol. in-8. bas. m.*

462. Voyage de Néarque, des Bouches de l'Indus jusqu'à l'Euphrate, par J. B. L. J. Billecocq. *Paris, an VIII, 3 vol. in-8. fig. bas. rac.*

463. Voyage de la Pérouse autour du Monde, par M. L. A. Milet-Mureau. *Paris, impr. de la républ. 1797, 4 vol. gr. in-4. v. m. dent. et atlas gr. in-fol. cart.*

464. Letters of Lady M. Wortley Montague, written during her travels in Europe, Asia and Africa. *Paris, 1797, in-12. bas.*

465. Voyage à Constantinople, en Italie et aux îles de l'archipel, par l'Allemagne et la Hongrie. *Paris, an VII, in-8. bas. rac.*

466. Voyage en Syrie et en Egypte, pendant les années 1783, 84 et 85, par C. F. Volney. *Paris, an VII, 2 vol. in-8. fig. v. rac.*

467. Voyage dans l'Empire Othoman, l'Egypte et la Perse, par G. E. Olivier. *Paris, an IX, 3 vol. in-4. bas. rac. et atlas, cart.*

468. Voyage de C. P. Thunberg au Japon, par le Cap de Bonne-Espérance, etc. trad. par M. L. Langlès. *Paris, 1796, 2 vol. in-4. fig. v. rac.*

469. Le même ouvrage. *Paris, 1796, 4 vol. in-8. bas. rac.*

470. Voyages en France. *Paris, 1808, 5 vol. in-18. fig. br. en cart.*

471. Mon Voyage au Mont-d'Or, par l'auteur du

460 10. --   pichard.

461 31. --   p.   461. Mbois. Mchau

462 10. -- 80. p.

463. 79 -- 5. pierre

464   1. -- 10 juin.

465   1. -- 60 - p.

466 12. -- 55 - p.

467 33. -- 95 laloy

468 15 -- --   D.   468. Mchau.

469   8 -- --   p.

470 14 -- --   galignani.

471. 1 -- 50 - p.

Laloy   3 - - 30   472
galignani .   4 - . - -   473
p .   20 - - 20   474

gonellin 38 - - ●   475

477 . Mchan .   p .   1 . - 55   476 .
                     d .   15 - - -   477 .

                     p .   3 . - 10   478 .

                     pierre .   15 - - 95   479

                     Laloy .   9 - - - - 480

                     p - -   11 - - - - 481

                     p .   2 . - 80 . 482

Voyage à Constantinople. *Paris*, 1802, *in-8. bas. mar.*

472. Lettres sur l'Italie en 1785, (par Dupaty). *Paris*, 1796, *in-8. bas. rac.*

473. Les mêmes. *Paris*, 1797, 3 *vol. in-18. fig. bas. rac.*

474. Voyages dans les Deux-Siciles et dans quelques parties des Apennins, par Spallanzani. *Paris, an VIII*, 6 *vol. in-8. fig. bas. rac.*

475. Voyage de P. S. Pallas en différentes Provinces de l'Empire de Russie, trad. de l'allem. par Gauthier de la Peyronie. *Paris*, 1789, 5 *vol. in-4. bas. porph. et atlas in-fol. avec la carte de Russie.*

476. Voyage en Crimée, par L. H. Delamarre. *Paris*, 1802, *in-8. bas. rac.*

477. Voyage commercial et politique aux Indes orientales, aux îles Philippines et à la Chine, par Félix Renouard de Sainte-Croix. *Paris*, 1810, 3 *vol. in-8. bas. porph. avec cartes.*

478. Relation des îles Pelew, situées dans la partie occidentale de l'Océan pacifique. *Paris*, 1793, 2 *vol. in-8. fig. bas.*

479. Voyage de LeVaillant dans l'intérieur de l'Afrique par le cap de Bonne-Espérance. *Paris, an VI*, 2 *vol. in-8. v. j. fig. coloriées. Pap. Vél.*

480. Voyage dans la haute Pensylvanie et dans l'état de New-York, traduit et publié par l'auteur des Lettres d'un cultivateur américain. *Paris*, 1801, 3 *vol. in-8. fig. bas. rac.*

481. Voyages d'Antenor en Grèce et en Asie, avec des notions sur l'Egypte, trad. par E. F. Lantier. *Paris*, 1805, 3 *vol. in-8. fig. bas.*

482. Justini historiæ Philippicæ. *Argentorati, ex typogr. Societatis Bipontinæ*, 1802, *in-8. bas.*

483. Discours sur l'Histoire univers. par Bossuet. *Paris, Renouard,* 1796, 4 *vol. in-*18. *v. m. Pap. Vél.*

484. Histoire universelle en style lapidaire. *Paris,* 1800, *gr. in-*8. *v. gr. dent. Pap. Vél.*

485. Les Ruines ou Méditations sur les révolutions des Empires, par Volney. *Paris, an vii, in-*8. *fig. v. j.*

486. Essai sur l'influence des Croisades, par A. H. L. Heeren, traduit de l'allemand par Charles Villers. *Paris,* 1808, *in-*8. *v. j. Pap Vél.*

487. Tableau de l'Europe en novembre 1795. *Londres, in-*8. *bas. rac.*

488. De la Paix de l'Europe et de ses bases, par J. (Delisle) de Sales. *Paris,* 1800, *in-*8. *bas. rac.*

489. Galerie politique, ou Tableau historique de la Politique étrangère, par A. Gallet. *Paris,* 1805, 2 *vol. in-*8. *bas. rac.*

490. L'Espion anglois, ou Correspondance entre deux Milords sur les Mœurs publiques et privées des François. *Paris,* 1809, 2 *vol. in-*8. *v. éc.*

491. Considérations sur l'état présent du Christianisme, par Jean Trembley. *Paris,* 1809, *in·*8. *bas.*

492. Abrégé des vies des Pères et des Martyrs, par Godescard. *Paris,* 1802, 4 *vol. in-*12. *bas. éc.*

493. Vie de Saint-Vincent de Paul, par M. Collet. *Paris,* 1804, *in-*12. *bas. éc.*

494. Histoire ancienne, par Rollin. *Paris,* 1730, 14 *vol. in-*12. *et atlas in·*4. *v. f.*

495. Pausanias, ou Voyage historique de la Grèce, par Gedoyn. *Paris, an 11,* 4 *vol. in-*8. *bas.*

496. Histoire d'Hérodote, trad. du grec, par M. Larcher. *Paris,* 1802, 9 *vol. in-*4. *v. f. fil. Pap. Vél.*

497. Républiques de Sparte et d'Athènes, traduites

483   12 -- 60   Laloy

484   5 -- 50 - orcel.

485   6 - -   P.

486   6 - 5 -   D.   486. Mchau *

487 ⎫
     ⎬ 2 -- 20 - - P .
488 ⎭

489   3 - —   P.

490   3 - - 90 - - gerrelin

491   1 - - 95 -   orcel.

492   8 -- 10   Simonnet.

493   2 -- 30 -   P.

494   37 - - 10.   Brunaud .   493. Mduter.

495   16 - —   D.

496. 171 - - 5   pichard   495. Mbois.

497 . avec 498

5 -- 90 · {497 / 498 pay·

2 -- -- -- 499 p·

5 -- 15 500 · Dubray

2 -- 95 501 · p·

2 -- 50 502 p·

D· 4 -- 95 503

~~D 20~~ -- -- 504
ored· 32 -- 5

Sos· Mchau·   D· 20 -- 505

9 -- 50 506 Ludr·

1 -- 50 507· p·

de Xénophon par J. B. Gail. *Paris,* 1786, *in-*18.
bas.

498. Q. Curtii Rufi de rebus gestis Alexandri Magni libri, cum supplementis Jo. Freinshemii. *Ar-*
gentorati, ex typographia Societatis, 1801, 2
vol. in-8. bas. éc.

499. Goldsmith's history of Greece. *Paris,* 1804,
2 *vol. in-*12. *bas.*

5oo. Histoire de la Grèce, depuis son origine jusqu'à la mort d'Alexandre, par Goldsmith. *Paris,*
1802, 2 *vol. in* 8. *bas. rac.*

5o1. Caii Crispi Sallustii Jugurtha. *Parisiis, Ant.*
Aug. Renouard, 1795, *in-*18. *bas. rac. Pap.*
Vél. = Caii Crispi Sallustii Catilina. *Pari-*
siis, Renouard, 1795, *in-*18. *bas. rac. Pap.*
Vél.

5o2. Caii Sallustii opera. *Argentorati, ex typ. So-*
ciet. Bipontinæ, 1807, *in-*8. *bas. rac.*

5o3. C. Iulii Cæsaris de bello gallico et civili com-
mentarii. *Argentorati, ex typographia Societa-*
tis Bipontinæ, 1803, 2 *vol. in-*8. *bas. j.*

5o4. T. Livii Patavini historiarum libri qui supersunt omnes cum integris Jo. Freinshemii supplementis. *Biponti, ex typographia Societatis,*
1784, 13 *vol. in* 8. *bas.*

5o5. C. Velleii Paterculi quæ supersunt, curante
Davide Ruhnkenio. *Lugduni Batavorum,* 1779,
2 *vol. in-*8. *m. r.*

5o6. C. Cornelii Taciti opera, ex recensione Georg.
Christ. Crollii, curante Frid. Christ. Exter. *Bi-*
ponti, ex typographia Societatis, 1792, 4 *vol.*
*in-*8. *bas.*

5o7. C. Corn. Taciti de moribus Germanorum li-
bellus; Julii Agricolæ vita. *Parisiis, Ant. Aug.*
Renouard, 1795, *in-*18. *bas. rac.* = Q. Curtii

Rufi, de rebus gestis Alexandri Magni, libri decem. *Parisiis, 1807, in-24. cart.*

5o8. Tacite, nouvelle traduction par M. Dureau de Lamalle. *Paris, 1790, 3 vol. in-8. bas. rac.*

5o9. C. Suetonius Tranquillus ad optimas edit. collatus. *Argentorati, ex typog. Societatis, anno VIII, in-8. bas.*

5io. L. Annæi Flori Epitome rerum Romanarum ; L. Ampelii liber memorialis. *Biponti, ex typ. Societ. 1783, in-8. bas.*

5i1. Sextus Aurelius Victor, de origine gentis Romanæ. *Argentor. ex typ. Societ. in-8. bas.*

5i2. Eutropii Hist. Romanæ epitome. *Parisiis, Renouard, 1796, in-18. bas. rac. Pap. Vél.*

5i3. Ammiani Marcellini rerum gestarum qui supersunt libri XVIII. *Biponti, ex typ. Societ. 1786, 2 vol. in-8. bas. éc.*

5i4. Historiæ Augustæ scriptores sex. *Biponti, ex typographia Societ. 1787, 2 vol. in-8. bas. éc.*

5i5. Hist. des Empereurs romains, depuis Auguste jusqu'à Constantin, par Crevier. *Paris, 1763, 12 vol. in-12. bas. rac.*

5i6. Goldsmith's Roman history. *Paris, 1804, 2 vol. in-12. bas.*

5i7. Abrégé de l'Histoire romaine, depuis la fondation de Rome jusqu'à la chute de l'Empire romain en Occident, par Goldsmith, trad. de l'angl. *Paris, 1801, 2 vol. in-8. fig. bas. rac.*

5i8. Histoire des Révolutions de la République romaine, par de Vertot. *Paris, 1796, 6 vol. in-18. bas. rac.*

5i9. Histoire des Révolutions de l'Empire romain, par S. N. H. Linguet. *Paris, 1766, 2 vol. in-12. v. rac.*

52o. Histoire d'Italie, depuis la chute de la Répu-

508. 12.--95- ored.
509   2.--50 ludet.
510   2.-- ~~4~~ ~~2~~ pay.
511   2.--50 ludet
512   1.--50. girord.
513   7.--50. ludet.
514   5.--- Loiseau
515   26.--10 p.
516   3.--10- p.
517   6.--5- Mlle Dubvay
518   4.--70. p.
519   2.-- juris
520 -17.--95- ored

52 ... Mchau. ∗

D. 2 — —   521.

p. ~~3 — 95~~   522
     3 — 50.

revch du a caisse de transp... 7. p. g — 50   523

n^lle Dubray 6 — 50 524

pierre 4 — g^s 525

526. mchau.   D. 6 — —   526

527. Mchau. ∗   D. 8 — —   527

529. Mchau.   p. 7 — g^s 528

pap. velin   D. 15 — —   529.

                   p. 21 — — — 530

Barron ainé. 24 — 60 531

                   p. 2 — — 532.

blique romaine jusqu'aux premières années du
xixe siècle, par Ant. Fantin Desodoards. *Paris*,
1803, 9 *vol. in-8. bas. rac.*

521. Tableau historique des événemens survenus
pendant le sac de Rome en 1527. *Paris*, 1809,
in-8. bas. m.

522. Nouvel Abrégé chronologique de l'Histoire
de France, par le Pr. Hénault. *Paris*, 1749,
3 *vol. in-8. v. m.*

523. Histoire de France abrégée et chronologique,
par Chantreau. *Paris*, 1808, 2 *vol. in-8. bas. j.*

524. Histoire politique et civile des trois premières
Dynasties françoises, par Laboulinière. *Paris*,
1808, 3 *vol. in-8. bas. éc.*

525. Mémoires de Philippe de Commines. *Bru-
xelles*, 1714, 4 *vol. in-8. v. b.*

526. Mémoires de Henri de Campion. *Paris*, 1807,
in-8. v. rac. Pap. Vél.

527. Mémoires du duc de la Rochefaucauld. *Paris*,
1804, *in-18. bas.* = Les Souvenirs de madame
de Caylus. *Paris*, 1804, *in-12. fig. v. rac.
Pap. Vél.*

528. Mémoires et Lettres du Maréchal de Tessé.
Paris, 1806, 2 *vol. in-8. v. éc. Pap. Vél.*

529. Mémoires de M. le Baron de Besenval, écrits
par lui-même. *Paris*, 1805, 3 *vol. in-8. v. m.*

530. Histoire impartiale du Procès de Louis XVI,
par L. F. Jauffret. *Paris, an* 1er, 8 *vol. in-8. bas.*

531. Tableau historique de la guerre de la Révolution de France, depuis 1792 jusqu'à la fin de
1794. *Paris*, 1808, 3 *vol. in-4. bas. rac. avec
des cartes.*

532. Annales de l'Empire françois, rédigées par
R. de Beaunoir et A. H. Dampmartin. *Paris*,
1805, *in-8. bas. rac.*

533. Essais historiques sur Paris, pour faire suite aux essais de M. Poullain de St.-Foix. *Paris,* 1805, 2 *vol. in-8. v. éc.*

534. Paris et ses Monumens, mesurés, dessinés et gravés par Baltard, architecte, avec des Descriptions historiques par M. Amaury-Duval. *Paris,* 1803, *in-fol. atlant. fig. cart.*

535. Histoire générale et raisonnée de la Diplomatie française, par M. de Flassan. *Paris,* 1811, 7 *vol. in-8. v. porph. Pap. Vél.*

536. Tableau historique et politique des anciens Gouvernemens de Zurich et de Berne. *Paris,* 1810, *in-8. bas. rac.*

537. History of England, in a series of Letters. *Paris,* 1802, 2 *vol. in-12. bas. rac.*

538. Histoire des Révolutions de Suède, par M. l'abbé de Vertot. *Paris,* 1794, 3 *vol. in-12. bas.*

539. Lettres particulières du Baron de Vioménil, sur les affaires de Pologne en 1771 et 1772. *Paris,* 1808, *in-8. bas.*

540. Histoire de la Révolution de Pologne en 1804, par un témoin oculaire. *Paris,* 1797, *in-8. bas. rac.*

541. Histoire de l'Empire de Russie sous le règne de Catherine II et à la fin du XVIIIe siècle, par Tooke. *Paris,* 1801, 6 *vol. in-8. bas. éc.*

542. Lettres sur l'Atlantide de Platon et sur l'ancienne Histoire de l'Asie, par Bailly. *Paris,* 1804, *in-8. bas. rac..*

543. Histoire philosophique et politique des Etablissemens et du Commerce des Européens dans les deux Indes, par G. T. Raynal. *Genève,* 1782, 10 *vol. in-8. fig. bas. et atlas in-4. cart.*

544. Notice sur la Cour du Grand - Seigneur,

533 4 - - - D.   533. Mchan *

534 56 - - - La Roque le Louvre seulement

535. 50 - - D.
                                          535. Mchan. *
536 3 - - - p.

537 5 - 50 . Marié l'ainé.

538 4 - - p.

539 1 - 50. p.

540. 2 - - 5 - p.

541 19 - - 5 - p. rendu imparfait- 11.ᵗ

542 2 - 50 - p.

543 35 - 95 La Roque.

544. 2 - 23 fantin

fantin 2 - - - 545.

p. . 1 - 60 546

pierron 41 - - - - 547 -

achainton. 5 - - - 548

549

p. 1 - 20 550
tilliard. 1 - - - - 551

n^lle Dubray 5 - - - 552

p. - — 4 - 55 553.

D. 39 - 95 554

554. Mchau.

p. 4 - 55 553 Double net.

ored. 15 - 50 554 Double
prod. br.

par Eugène Beauvoisin. *Paris*, 1807, *in-8. bas.*

545. Correspondance de l'Armée françoise en Egypte, par F. T. Simon. *Paris*, *an VII*, *in-8. bas. rac.*

546. Des Colonies modernes sous la zone torride, et particulièrement de celle de Saint-Domingue, par M. Barré de Saint-Venant. *Paris*, 1802, *in-8. bas. rac.*

547. Histoire de l'Art chez les Anciens, par Winkelmann, trad. de l'Allemand. *Paris*, 1802, 3 *vol. in-4. fig. v. j.*

548. Tableaux des anciens Grecs, des Romains, etc. *Paris*, 1785, *tome* 1er *in-4. fig. coloriées*, *bas. rac.*

549. Monumens de la Grèce, ou Collection des Chefs - d'œuvre d'architecture, de sculpture et de peinture antiques, gravés d'après les meilleurs auteurs, par J. G. Le Grand. *Paris*, 1808, *in-fol. fig. bas rac.*

550. L'Intérieur de l'ancienne Rome, par A. F. Pornin. *Paris*, 1809, *in-8. dem. rel.*

551. Catalogue d'une Collection de 728 Médailles consulaires et de 3616 Médailles impériales, en argent. *Paris*, *de l'imp. de Crapelet*, 1811, *in-8. v. porph. Pap. Vél.*

552. Monumens celtiques ou Recherches sur le culte des pierres, par M. Cambry. *Paris*, 1805, *in-8. bas.*

553. Mémoires pour servir à l'Histoire de notre littérature, depuis François Ier jusqu'à nos jours, par M. Palissot. *Paris*, 1803, 2 *vol. in-8. bac. rac.*

554. De la Littérature du midi de l'Europe, par J. C. L. Simonde de Sismondi. *Paris*, 1813, 4 *vol. in-8. v. gauf. dent. Pap. Vél.*

555. De la Littérature pendant le xviiie siècle. *Paris*, 1809, *in-8. v. porp. Pap. Vél.*

556. Mémoires de la Société médicale d'émulation. *Paris*, 1798, *in-8. bas.* = Eloges historiques composés pour la Société médicale de Paris, suivis d'un Discours sur les rapports de la médecine avec les sciences physiques et morales, par M. Alibert. *Paris*, 1806, *in-8. v. rac.*

557. Dissertation sur 60 Traductions françaises de l'Imitation de J. C. par Ant. Alex. Barbier. *Paris*, 1812, *in-12. v. gr. Pap. Vél.*
Il n'a été tiré que douze exemplaires de ce papier.

558. Essai sur l'Histoire du parchemin et du vélin, par Gabriel Peignot. *Paris*, 1812, *in-8. v. j. Gr. Pap. Vél.*

559. Les Vies des Hommes illustres de Plutarque, traduites du grec, par Dominique Ricard. *Paris*, 1798, 13 *vol. in-12. bas.*

560. Plutarque ou abrégé des Vies des Hommes illustres. *Paris*, 1804, 2 *vol. in-12. fig. bas.*

561. Cornelii Nepotis, vitæ excellentium imperatorum. *Biponti, ex typ. Societ.* 1788, *in 8. bas.*

562. Vie d'Apollonius de Tyane, par P. J. B. Le Grand d'Aussy. *Paris*, 1807, 2 *vol. in-8. bas. rac.*

563. Portraits et Caractères de personnages distingués de la fin du xviiie siècle, par M. Senac de Meilhan. *Paris*, 1813, *in-8. bas.*

564. Histoire de la Vie de Philippe de Mornay. *Leyde, les Elzeviers,* 1647, *in-4. vél.*

565. Vie de Nicolas Poussin, par P. M. Gault de Saint-Germain. *Paris, P. Didot l'aîné,* 1806, *gr. in-8. fig. cart.*

555. 2 -- 45 - p.
556 8 -- 95 - Meliat.

557 5 -- 95 francart.

558 ~~la f Brunaud~~ retiré.

559 40 -- 5 Brunaud

560 4 -- 30 - p.

561 2 -- 60 - p.

562 11 -- 95 -- ♂.

563 4 - 5 - ♂.

564 1 - : - giroud.

565. 10 -- 25 pierre

562. M Chau. ✱
563. Mehau. ✱

Ored. 7 --- 566

francart. go -- 5   567

Lambert 8. 10.- 568.

Le tout du 21.m vol. du Manivet. 1.15.. Leclerc

Leclerc - 2.20.

pierre - 3.5.

vendu hors du catalogue 4

p. - 5. 9.-5.
p. - 6. 6.
p. - 7. 1.-5.
La hitte. 8. 170.-5.

566. Valerii Maximi dictorum factorumque me-
morabilium libri novem ad optimas editiones
collati. *Argentorati, ex typographia Societatis
Bipontinæ,* 1806, 2 *vol. in-8. bas. éc.*
567. Dictionnaire universel, historique et critique,
par MM. Chaudon et Delandine. *Paris,* 1810,
20 *vol. in-8. bas. rac.*
568. Nouveau Dictionnaire universel, historique,
biographique, bibliographique et portatif, trad.
de l'ang. de John Watkins, par M. l'Ecuy. *Paris,* 1803, *in-8. bas. rac.*

ADDITION.

1. Histoire sacrée de l'Ancien Testament, repré-
sentée par figures. *Paris, Desray,* 1804, *2 vol.
gr. in-8. fig. br. en cart.*
2. Bibliothèque des Enfans, par Berquin. *Genève,*
1796, 28 *tomes rel. en* 15 *vol. in-18. bas. rac.*
3. Dictionnaire portatif de Commerce. *Bouillon,*
1770, 4 *vol. in-8. v. b.*
4. Dictionnaire pharmaceutique, ou Apparat de
médecine, par de Meuve. *Paris,* 1689, *in-4.
v. b.*
5. L'Art de tourner en perfection, par Ch. Plumier.
Paris, 1701, *in-fol. fig. v. b.*
6. L'Art du Tourneur mécanicien, par Hulot.
Paris, 1775, *in-fol. fig. cart.*
7. Œuvres diverses de Boileau-Despréaux, avec le
Traité du sublime. *Paris,* 1701, *in-4. v. b.*
8. Œuvres complettes de Voltaire. *De l'imprimc-*

rie de la Société littér. typ. 1785, 92 *vol. in*-12.
bas. rac.

9. Histoire de France, depuis l'établissement de
la monarchie jusqu'à Louis xiv, par l'abbé
Velly. *Paris,* 1770, 15 *vol. in*-4. *n. m.*

FIN.

9 782329 138381